『红区』日志

火神山的日与夜

王昆 著

北京出版集团
北京十月文艺出版社

目录

第一章

凌晨四点的火神山

1

你见过凌晨四点的洛杉矶吗？

——科比

你见过凌晨四点的火神山吗？当沈利透过班车前方的挡风玻璃，看到远处那片灯火通明的地方——火神山医院时，脑海里不知怎么突然就闪过这样一句话。沈利，一所军队医院的重症监护室主任，绝对海拔一米八三，业余称号为“灌篮高手”。凌晨四点，他将开始与病毒之间的又一场“生死赛跑”；凌晨四点，他知道，那也曾是NBA球星科比开始一天奋斗、奔向胜利的时刻。

但此时，班车还在路上，黑沉沉的夜，仿佛无边无际的浓墨重重地涂抹在天边，虽然小雨渐歇，但寒意并未散去。车厢内寥寥几位，都穿着迷彩服军装，路边上站着几位身穿荧光服的工作人员。司机说是傍晚的暴雨把供电系统搞瘫痪了，工人们正在连夜抢修。

班车由公交公司统一派出。有一个固定的班组专门服务火神山医院。司机一边开车，一边放着一首轻音乐曲子，车厢内的人，就着黑暗靠在椅背上，在颠簸中不言不语。公路上来来往往的车，许多是往返火神山的，它们或运送病房所需的设备物资，或运送病人所需的食物和用品。这座被封了的城市，充满悲伤，又充满希望。

沈利轮值今天的大夜班，接班时间是凌晨四点多。凌晨两点，沈利手机上的闹钟就响了。第一次从火神山医院回来的时候，沈利就测算了时间：从火神山医院抵达驻地需要四十分钟。当然，现在的情形，这里二十四小时不需要考虑塞车。在缓冲隔离区换防护服大约需要半个小时，就算更衣室需要排队，这个提前量也足够了。其实，沈利再晚一会儿起床赶到火神山医院时间完全够用，但他还是习惯早去一会儿，他想让大夜班的同行们早一点回去休息。

沈利一边穿衣服一边给自己打了一针胸腺五肽。紧张而大体量的劳动，体能会很快透支，胸腺五肽药物可以有效提高人体疲乏状态下的免疫力。医疗队从单位出发时，院里为每个人都配备了一支胸腺五肽药物以增强体质，沈利一直留着没用，但这几天天气降温幅度太大，还是打了稳妥。大家原本都是互相帮着打针的，但这个时候沈利不想麻烦别人，大家都很累，休息的时间又短，能自己打就自己解决吧。沈利上军医大学的第一年时，注射都是基本课，技术还没有忘光，就算执行了一次战时注射吧。

不能吃辣的沈利还是打开了一碗香辣方便面，凌晨两点多的武汉，天气还比较冷，火神山医院的缓冲区里设施还没有完善，换衣服时不得不冒着寒冷进行，他需要吃点辣的暖和暖和。

来回接送的班车一个小时发一次，司机师傅们总是早早就等在了那里，让出了门的医护人员们不至于受冷。喝完最后一口方便面汤，沈利背着挎包出了驻地房间。外面下着雨，在大厅里碰到即将与他同行的三个人——董红娜、杨静静和王巧玲，和他们同一班次的还有刘慧，王巧玲说她已经提前到了车上。

沈利和她们四个都是从同一个单位抽组来的，彼此熟悉，但是按照疫情管控规定，五个人在住宿地点不能串门，每个人只能待在自己房间，就连去餐厅领盒饭也是岔开时间各自领取。平时大家基本不会见面，只有在病房里，在全身防护服的保护下，见面机会才会多一些。今天，他们几个又是共同轮值，见到熟悉的人，身在异乡倍感温暖。

负责洗消作业的董红娜曾经参加过抗击非典和赴外维和医疗任务，早就锻造了在特殊情况下应对险情的沉着与冷静。防疫洗消虽然并不直接接触病人，但因为要接触医护人员与确诊病人亲密接触后换下来的防护衣物、器具，同样存在很大的风险。对此，良好的职业经验给了董红娜强大的自信，在她手里的工作可说是万无一失。

董红娜的洗消小组共有三个人，除了她还有两名基层连队的壮小伙子，他们干的是苦活累活危险活，不仅要有技术，还要有体力。当然，这两个小伙子也不是普通的士兵，他们都是进行过专业进修和培训的优秀人选。

有这样的洗消人员为一线医护人员的自我防护把守着第一道安全关口，这让同行的医生们非常放心。洗消组的劳动量也是很大的，每一次的值班班组都面对一百人的服务量，强度可想而知。

董红娜是主动请缨来到这里的，几次参与重大医疗任务的经验告诉她，洗消是所有工作中最危险的任务之一，而她愿意接受这个挑战。

王巧玲和刘慧都是病房护士，在原来单位，她们业务优秀、技术精湛。王巧玲有着十二年的护士经历，刘慧也有着二十多年的护理经验。此次抽组到医疗队，她们对完成任务充满了信心。在火神山医院，她们和沈利一样，都要与病人直接面对面打交道。火神山，考验着每一个人，无论病人还是医护工作者。

通勤车在驻地门口亮着微弱的光，车子里已经坐了几个人，有一些是大家互相认识的，比如重症监护室的护士刘怡琳和感染四科的护士廖君辉；也有一些叫不上名字的人，但看着眼熟。

上了车子，大家相互点点头，都缩着脖子有些瑟瑟发抖。车子外面的小雨停了又下，下了又停，反反复复。雨水淅淅沥沥，打在车窗玻璃上，打在每一名去往火神山的医护人员的心头。

出了城，有一段路没有路灯，司机师傅说这都是暴雨“搞”出的临时故障，很快就能修好。车子缓缓前进，经过一段积水时，整个车身都在抖动，司机使劲打着方向盘，一阵嘈杂的发动机响后，车子才恢复了正常。

车厢后排的王巧玲还在望着窗外发愣，来火神山半个月了，仿佛昨天刚到达一样。每天忙得不分昼夜，时间过得实在太快了。

接到驰援武汉的通知时，王巧玲正在科室值班。说实话，在接到通知之前，她也关注过武汉疫情的消息，也曾百感交集，想要做点什么，但是在内心深处，又总觉得这场疫情似乎离自己还很遥远，也从来没有想到自己可以赶赴疫情一线。但是，就像单位的宣传橱窗上写的那样——时刻准备战斗。

命令来得就是这么突然，当接到出征命令时，她丝毫没有犹豫，一切回答得那么自然，仿佛早已想好，早已做好了一切准备，这就是军人的使命！作为一名军队医务工作人员，王巧玲很庆幸自己能够成为驰援武汉的一员，虽然她内心也难以避免地产生了一些忐忑和焦虑，但是一想到国家有难，自己能够挺身而出，更多的还是感到骄傲和自豪。她觉得，如果再让她选一次，她依然会毫不犹豫地选择奔赴战场。

凌晨四时十一分，电话铃声再次响起，单位通知她准备好生活用品，随时准备出发，所有队员今天上午九点在机关楼会议室集合。

“你再睡会儿吧，我替你收拾行李。”老公说道。王巧玲心中一甜，被老公的体贴感动了。窗外漆黑的夜空像一张无边的大幕，但她的心里却跳着一团火，怎么也无法入眠了。

一切都井井有条地推进着，经过一天的准备，一切就绪。大家的心情突然都变得急迫了起来：武汉的同胞们此刻正期待着他们的到来。他们已经准备好了，随时可以出发！

出征武汉前夕，所有医疗队员需统一赴沈阳集结待命，利用四天的时间，在那里进行必要的岗前培训。

临行前，老公专门为王巧玲张罗了一桌丰盛的午餐，全家人围坐一桌，特地为她饯行。老公默默地为她夹着饭菜，婆婆不停地唠叨着出门要注意的事项，公公不时地为她分析着疫情的大体形势，平时调皮的孩子也一声不吭，偎依着她，特别安静。

没有醇厚的烈酒，也没有深挚的对白，有的只是默默的关心。泪水如同时光般凝固了，所有的话语都冻结在唇边，此刻的画面烙印在了她的脑海中，永远不会消失。

医院领导为出征队员们进行了简单而又隆重的欢送仪式，老公和同事们也来为王巧玲送行。登上大巴后，王巧玲给老公发了条微信："老公，我很快就会回来的，照顾好家人。"老公回复："我会照顾好孩子和爸妈的，你一定要平安回来。"她的眼泪再也止不住地流了下来。

飞机落地沈阳后，他们开始接受封闭式集训。课程安排得很满，在这里，他们先后学习了防护知识技能、信息化设备的使用方法、护理和治疗技术等。因为大家都知道此次任务的严峻性，所有人员都学得格外认真。

王巧玲被大家如此努力的精神和状态深深地感动了，虽然他们大部分人都来自不同的单位，甚至有很多还是互不相识的陌路人，但就在这短短四天里，在面对大灾大难的关口，战友们不分彼此、互相帮助、毫无怨言。

出征的号角终于吹响。医疗队再度出发，奔赴武汉！空军运输机稳稳地降落在武汉天河机场，到达天河机场的那天，天空阴沉沉的，像一个快要哭了的孩子，憋闷的空气让本就戴着口罩的王巧玲呼吸更加困难了。天气预报说，最近可能会下雪，下了飞机，湿冷的北风吹在身上，会有深深的透体感，现在想想，她还是不禁要打个冷战。

因为连日的阴雨，武汉这座昔日温暖的城市，此刻却透露出深深的寒意。阴天带来的低气压让每个人不时地大口呼吸着空气，车厢里，即便呼吸有些困难，大家也不敢摘下口罩，而是把口罩戴得更紧了。

司机师傅技术很好，车子安静地匀速前进，这样能让队员们在车上也休息一会儿。连日来的轮班与奔波让她仍有些困倦，凌晨三点钟起来是最困的时候，车子微微颠簸着，王巧玲不禁打起盹来。迷迷糊糊间王巧玲仿佛听到了有人在喊："中国人民解放军万岁！你们辛苦了！武汉必胜！"滚烫的泪水顺着脸颊缓缓滑落，渐渐地冲开了原本混沌的思绪，睡梦中，车窗外是一个个矗立的身影，一双双期盼的眼神，一声声真切的呼唤，她确信这呐喊是真实的。

她又醒来，但那些身影和声音依然清晰，如大地般深刻而厚重，她觉得这不应该是梦境，而是现实，或者是不久以后战胜新冠肺炎的欢呼现场。

2

从班车停靠处走向医院入口的道路上，有一段地面还没来得及完全硬化，军靴踏进黄泥汤里，发出扑哧扑哧的声音。通道口值班的战士来不及敬礼，他们正在协助几名工作人员搬运一批设备，从斜梯向着二楼行进。

火神山医院接收病号的前一天，沈利和同行们去看了现场，尽管还有一些地方有待进一步优化，但设施齐全、功能完备的病房设置还是让他大为惊讶，大家都在说这是真正的“中国速度”，果然厉害。

淅淅沥沥的小雨随风飘洒，滴落在苍茫大地上，洗刷着万物，也洗刷着每天的疫情数字。打开手机网页，沈利查看了一下全国新冠肺炎病例实时变化情况，湖北省内的确诊数逐渐递减，湖北省外的确诊病例数量不断下降，有些地方增加数字已经接近于零，这是个特别让人高兴的消息。

一切就是这样，在超出想象中运转。接到组建医疗队通知时，沈利难得在家休假，因为在单位他的职务是ICU主任，危重病号较多，一般很少在春节休息。在家看电视的时候，火神山医院还在浇灌混凝土，但仅用十天时间，便建成拥有一千张病床的医院，这是让世界惊叹的“中国速度”。

当然，和很多人一样，沈利也是来到现场才知道，这座战地医院位于汉阳知音湖畔，只有碧波荡漾，并无青山耸立，之所以命名为“火神山”，是因为楚国人被认为是火神祝融的后代，人的肺部五行属金，火克金，而据说荼毒人类肺部的新冠病毒惧怕高温，火神正好能驱瘟神。

抖了抖衣服上细密的水滴，沈利走上台阶，之后来到病区更衣室的门口。在火神山医院，每个病区都有两个更衣室、两个淋浴间，男女分用，这里属于医院的清洁区。而从更衣间进入，正中间的一条走廊叫内走廊，是医疗上常说的“黄区”——火神山医院的病房设计比较特殊，两排病房背靠背，后窗对着后窗，“黄区”即是这背靠背之间的病区内走廊。在“黄区”工作的医护人员只需要穿防护服就行，它是一条潜在污染通道，这条通道主要用来为各病房的人发放食物和临时调配的药品。发放物品有专门的交换窗，交换窗是内外两层的，发放物资时，护士先打开交换窗外层，把物品放进去然后关闭，里面的病人则打开交换窗内层取走物品再行关闭，交换窗内备有二十四小时红外线消毒装置，对控制病毒溢出很有效果。“黄区”一端的尽头是一道隔离门，连着护士站和医生值班室。要进入病房，需要在内走廊里穿上隔离衣，从另一端的隔离门进入外走廊。

外走廊通着各个病房的门，进入外走廊以后就是进入了重污染区域，外走廊和病房被称为“红区”。通常情况下三个病人住在一个房间里，一旦情况发生变化，也有备用的隔离病房。

每次值班都要由两个人共同完成，主要是为了在穿脱防护器具时可以相互帮忙，确保防护措施严密细致。搭档是随时变换的，首次搭档的小伙子和沈利一样，都来自同样性质的单位。在第一更衣室穿戴完第一套防护措施，进病房前还要在缓冲二区再加一层隔离衣，以及口罩、帽子、防护面屏和靴套。他们把每一层都穿得很仔细，系带拉得很紧，这是医生最基本的自我防护，也是关乎病人生命安全的最后一道关口。

沈利推开两道隔离门后，他进入了医护通道走廊，开始了今天的工作。通道大约四十米长，通道尽头还有两道隔离门，推开第二道门就完全进入污染区了，这里是病房区域。

穿上两层防护之后，不知什么原因，沈利的一只耳朵突然疼痛起来，而且产生轻微的耳鸣。在做了一阵各种呼吸吞咽之后，症状稍微缓解了一些。进入污染区需要穿雨靴，除了更好地隔离病毒，由防护服带来的汗水也可以迅速渗透到雨靴里面。相互做完检查之后，沈利和搭档用白板笔相互在胸前写各自的名字——这副穿戴，如果个头一样，一转身就无法辨认了。

3

负责收拾医疗垃圾的董红娜将身子整个探到垃圾桶里去捡拾一个外包装的拉链头，所有的服装都是新的，包装产生的垃圾也多，清理需要及时、干净、有效、彻底。她们穿着厚厚的防护服，身体一下子臃肿了许多，而原本灵活的手，这个时候也显得特别笨拙。第一、第二更衣室属于进入通道，这里的工作环境相对安全；在另外两个通道上，则要面对刚刚换掉的可能沾染了大量新冠病毒的防护器具。

二次使用的器具分别归类后要反复多次洗消，在经过严格多道的消毒程序之后，方能视作重新具备防护病毒的功能。隔离衣和口罩这些一次性消耗品将被小心地放入专用医疗袋，封闭袋口之后还要在捆扎处消毒；专业的人员和车辆会把这些污染物送到另外一个地方，在那里，这些病毒将永远不再翻身。

手机“嘟”地响了一声，董红娜的手机装在最里面的衣服口袋里，因为工作中无法接听和看信息，董红娜下载了“短信听听”软件。信息是父亲发来的，语音播报着一条“战斗指令”：“你已进入阵地，应以战士的心态、必胜的信心投入战斗。在战略上藐视敌人，在战术上重视敌人，注意细节，是获全胜的保证。希望你和同事们不怕困难，团结奋斗，平安凯旋。”

父亲年纪大了，不会用微信。知道女儿主动请缨出征武汉的消息后，老人非常自豪。父亲也是戎马一生的老军人，对于女儿的选择极为理解、支持。知道董红娜在执行任务中不便接打电话，父亲从不主动打电话过来，只是什么时候想起，就会发上一条斗志昂扬的短信。董红娜清楚，父亲的眼睛花得厉害，这条好几十个字的短信，不知道是用了多长时间才写成的。

董红娜红着眼睛，在防护面具下，她可以尽情地流泪，不用担心被别人看到。确实，自从来到武汉，除了第一天报平安外，她竟然忘了给家里多打几个电话，难怪父亲不怕麻烦，郑重地发来那条信息。但是，事实就是这样，到前线后，焦灼的战情、紧张的状态让她无暇思忖太多，也没有空闲去思念家人。她所在的防疫洗消组要负责全部四个缓冲间的医疗垃圾，还要把护目镜、防护屏、雨靴、拖鞋等服装鞋具进行分类，有些装箱送去销毁，有些可二次利用的，要简单处理后送往后方基地。

由于进出人员太多，每次都要回收处理近百人换下来的医疗废品和污染品。这些原本柔弱的护士，此刻却要全副武装，一刻不停地清理和消毒。她们推着沉重的垃圾车，一包包地装好，再一包包地卸下，然后抬着送到指定地点。柔弱的她们瞬间变成了“强劳力”。工作中既要防止被感染，还要讲求效率，必须不怕苦不怕累才行。一个班次下来，她们腰酸背痛，下班后只能仰面躺在床上不敢翻身。

4

病房里的人数和人员变换比较快，为了最大限度增加救治量，每个房间安置病人的数量从最初的一个增加到三个。有些病人出院了，腾出的空位很快就被新转来的病人补入了。这些补入的病人，有些是从方舱医院转来的，也有从隔离酒店送来的，他们中有些症状轻微，有些已经危重。从名单上看，最后收进来的一批病人是昨天上午才来的，从入院到现在还不到二十个小时。这些病人的情况咋样，治愈希望有多大，沈利心里没底。每次来到医院，沈利的心情都格外沉重，但作为一名军人、一名医生，不消说他是知道自己的职责的，他必须全力以赴，他在这里的任务就是与病毒展开一场关乎病人生死的赛跑。

但无论如何，火神山医院仍然想尽一切办法，为病人提供了一个温暖的救治氛围。医院为每名被收治的病人都安排了“二对一”接诊入院方式，由一名医生和一名护士全方面摸清病人的现有状况，为此后每一天的变化留下分析对比的准确依据。

走过长长的外走廊通道，沈利走进第一间病房。一个四十多岁的中年病人首先吸引了沈利的目光，他正勾着身子在拔自己的氧气面罩。沈利走到跟前，那个病人大汗淋漓，似乎有些不太清醒，他的声音很暴躁：“医生，我长这么大从来没生过病，发烧感冒从不吃药，人家说，这样的体质一旦得病就完蛋了。你看，得上这个肺炎了，横竖是一死，我不用戴着这个罩子，我受不了了。”沈利看着他，认真地说：“你住到这里，就得配合医生的治疗，现在不是感冒发烧那么简单的事情，你总得为家人想一下吧。”那个病人索性一躺：“没事，我跟家里人视频的时候，都给他们交代好了，我有两个儿子，财产一分为二……”

正在这时，中年病人的电话响了一下。沈利一瞅，病人的家人又打来了视频电话。病人举了举手机：“是我老婆，整天哭哭啼啼的。来来，你是医生，你给她个准信，说说我的病到底会咋样。”沈利说：“那好吧，我给大嫂说几句。”

沈利拿着电话来到走廊，屏幕里是一张泪痕满面的脸。看到是医生的头像，中年病人的爱人不停哀求：“你们救救他吧，尽一切可能地救救他吧！他一辈子从来没住过院，腊月二十八还在工地干活，结果就这样发烧得了病。我们有两个儿子，他要是走了我可咋办啊？”

沈利告诉她说：“你们家人必须配合医生一起给他做思想工作，他现在情绪不稳，根本不配合医生的治疗。其实，他的情况并不严重，只要愿意配合医生，会好转的，而且转阴概率非常大。”

挂了电话之后，沈利又回到病房，病人手里正拿着一个苹果，但显然并没有吃的意思。床头放着各种水果和一份饭菜，水果是入院之后为每个病人特别配发的，一只被剥开的橘子吃了一半散落在那里，而专门为病人配送的饭菜他连动也没动。床头的两侧，配备好了输液泵、心电监护仪、供氧设备、空气杀菌装置，房间里还安装着网络和电视。

看到沈利进来，中年病人又问能否让他老婆来一趟医院看望自己。沈利说这绝对不行，病房都是与外面隔离的。病人又说他在住院的前一天晚上，住在另一个小区的大儿子曾回家去看他。但他马上又转换了口气：“这个儿子不太孝顺，他穿着防护服来家里看我，站在那里还一个劲哆嗦。我问他怎么回事，他竟然说怕我传染给他。晚饭他也不愿陪我吃，晚上我让他在这儿陪我别走了，你知道这兔崽子接下来干了啥事？半夜的时候，他趁我睡着竟然跑了。兔崽子，想想都生气。唉，可是我还得想着给他分遗产。”

病人的一番话把沈利弄得哭笑不得。沈利板起脸来批评了他几句，然后开始询问他一天来的身体情况。病人说他除了有些咳嗽，其余的都还好。询问中，沈利得知病人是半个月前被汉口医院收治的，当时的症状是发烧、咳嗽和呼吸急促。在被收治之前的一周时间里，中年病人已经有了轻微寒战和干咳的症状。沈利问他这个情况为什么没有写在既往病历上，病人说那就是一般性感冒，没有必要。

根据转入火神山之前的X光片判断，病人的双肺已出现斑片状阴影，咽喉测试标本确诊他已经患了新冠肺炎。然而，目前中年病人的症状反应却不严重，仅仅从外表看，和一般性感冒没有大的区别。这种反常的情况，在其他一些新冠肺炎患者身上也同样存在，甚至有的潜伏期长达二十多天。

想到这些，沈利觉得这个病人情况比较凶险，提出转入重症监护室加配呼吸机，但病人说他最受不了的就是重症监护室那个气氛，宁可因肺炎而死，也不愿在那里面闷死。

看着病人的精神状态还好，沈利对他开玩笑道："你不但患了新冠肺炎，还有幽闭恐惧症呢。"沈利又提出给他进行高流量鼻插管氧疗，这位病人还是不同意。

无奈之下，沈利只能先调配一些药物配合治疗：每日两次雾化以补充干扰素，一些抗病毒口服药。针对他的病情，首要任务是防止继发性感染，接下来才能更好地介入治疗。

沈利问病人平时有什么不舒服，病人说自己低血糖比较严重，于是沈利又给他补开了一点药，静脉注射葡萄糖，每天两次。

可能说话快了些，沈利的护目镜上全是雾气，他放缓了语速，雾气也慢慢消散开来。中年病人对沈利说：很多一同在汉口医院治疗的病人都出院了，自己却被转到这里。病人认为这是个不好的预兆，反复问："你说这病有法儿治吗？"

沈利说："你不是说一直都在看手机吗？"

病人说："是看着呢。"

沈利说："每天都有上千例治愈出院的病例，难道你没看到，你为什么会怀疑无法治疗呢？"

病人又说："新闻上也说了，到现在没有特效药。"

沈利说："对于你来说，现在最有用的'特效药'就是免疫力，估计你在手机上也看到了，很多人宅在家里改善伙食，指标自己就'转阴'了。"

接着，沈利向病人提出了要求，他说："你的任务就是要配合医生，好好吃饭，保持身体健康状态，用免疫力去配合医生的治疗方案，而我们医生做的工作，就是帮助你把最难过的两个星期'熬过去'。"

病人一听，慌忙问：“就是说只能活两个星期吗？”

沈利笑笑解释说：“不是只能活两个星期，是说对于得了这个病的人来说，前两个星期是很难熬的，但你的症状明显比其他人要好很多，这很不容易。”

病人又叹了口气：“没有特效药出来，我看是活不了了。”

沈利说：“如果心情够好，意志力够强，是可以治愈的，那些不断出院的病人，你难道相信他们都是吃了什么特效药、神仙药吗？”

病人停顿了一下，不像开始时那样说话了，不过情绪依然低落，低着头说：“我怕是见不到我父母了，他们年纪都大，身体也不好。”

沈利安慰说：“首先你要庆幸，你的父母是安全的，妻子孩子是安全的。你想想他们的期盼，你要自己鼓起信心，七八十岁的老人都能治愈出院，你这身强力壮的怎么会治疗不好呢？”

病人又沉默了一下，眼泪从眼角流了出来，他说，这个钢铁一样的房子让他想家，他家里的房子很大，生活过得很幸福。

沈利对他说：“现在你躺在这里，从一定意义上来说你是幸运的，政府用不可想象的速度在这里建了医院，短期内创造出这么好的条件，解放军和武警部队从很多地方调集顶尖的医疗专家过来，而你被收治到这里，某种程度上就是最大的生命保障。有了这个保障，你很快就能回到自己的家中去。”

病人有些怀疑：“我还能回家吗？我看那么多人都死了。”

沈利说：“如果你知道这个病会死人，你就更应该配合医生。”

病人又说：“我觉得自己还没达到去重症监护室的地步。”

是的，很多病人都会有这样的感觉，这就是这个肺炎的狡猾之处。但是，即便是感觉很好的病人，病情也会随时都可能恶化，而一旦恶化，极可能会很快进入一种多脏器功能衰竭的状态。从医学角度来说，患者的免疫系统由感染、药物或某些疾病引起过度激活，免疫力大大弱化，形成细胞因子风暴……换种通俗的说法就是，患者体内的免疫系统在杀死病毒的同时，也会杀死肺部的大量正常细胞，严重破坏肺的换气功能，在肺部CT上表现为大片白色，再严重下去就会呼吸衰竭，缺氧死亡。但这种病情的发展不能如实告诉患者本人，严重的心理恐慌可能比病情本身更可怕。

病人说：“我不是不相信医生，但我除了有点咳嗽、有点喘不上气来，其他确实感觉很好。”

沈利说：“我已经告诉了你这个病情的严重性，但我也得尊重你的个人意见，你实在不愿转入重症监护室，我也不能强迫你，但是这种病的危险性你也明白，你想通了再喊我。”

沈利理解幽闭恐惧症患者的心理感受，一时半会儿也确实不好再多说重症监护室的事，他希望病人会尽快克服这一点，认识到自己病情的严重性，带着治愈的希望，以积极的心态，主动配合医生治疗。

沈利深知，要治好中年患者的病，首先就要解决他的心理问题，如果患者一直带着这样悲观的心情，那就很难谈得上什么好的治疗效果。

病人的恐惧心理比较严重，有必要和他进一步沟通。接下来，沈利从肺炎的相关知识讲到一些救治成功的案例，把一些病情十分危重的案例从各个不同角度进行分析，细心地对中年人讲述，让他对比自己做个积极的判断。

经过沈利的反复讲解，病人情绪好了起来，主动提到自己的肠胃不太舒服，想吃点这方面的药。

沈利一听，立刻打开对讲机，通知医生值班室下医嘱，让护理人员配送胃肠药物送到病房。

看了看那份丝毫未动的饭菜，沈利对他说："吃饭和吃药同等重要，增强抵抗力和杀灭病毒你一样也不能放松，只要保持好的心情，你相信能行，就一定能很快战胜这个疾病。"

病人似乎还在回味沈利医生给他讲述的病理常识和病例分析，又问了几个问题之后，他看起来心理上轻松多了："不怕你笑话，我真怕死，得了这个病之后更怕，但是这会儿好多了，我感觉有希望了，医生你放心，我一定好好配合！咱说好了啊，如果我顺利出院，一定要请你去我家里吃饭。”

看到病人的语气和缓，沈利再次建议他转入重症病房加配呼吸机，但病人仍旧不同意，他说现在这样就可以，有个面罩吸氧很舒服，如果氧气量再大些就更好了。

沈利用对讲机喊来王巧玲，让她赶紧去护士站为患者调配过来一台高流量湿化氧疗仪，这个仪器一般为重症病人提供的流量最高可达六十升，氧浓度可达一百。

病人用上吸氧机之后，感觉更好了，开着玩笑说，要是天天都能这样吸氧，那啥肺炎也不用怕了。沈利仔细看了看，患者食指上的实时检测仪显示的血氧饱和度此时已经上升到了百分之九十三。

5

内过道的隔离门边站着一个穿蓝色工作服的人员，刘慧觉得那应该是值班的医生。她走上前主动打了个招呼，但是对方没有吱声。刘慧凑近了把脖子调整到一个特殊位置后才看清楚，那是隔离门上贴的蓝色“清洁区”标识，她竟然活生生地看成了一个人。

上一班的两个护士累得瘫倒在值班室的椅子上，看着刘慧和王巧玲进来，她们俩一句话也说不出来。透过护目镜，她们眼睫毛上的汗水依稀可见。

穿戴好隔离衣，戴上护目屏，刘慧和王巧玲把治疗车推起来要进病房的时候，她们才筋疲力尽地说：“9床、10床的两个老人，生活都无法自理，一个总是掉地上，一个总是蹬被子，你们检查到他们的时候，一定要格外注意一下。还有，+2床的老人还是情况不太理想。”

从外走廊最右侧的病房开始，刘慧忙开了今晚的查房。和她一起搭班的王巧玲则去了病房的另一端，她需要先检查一下各个病房交换窗上是否还有未领取的病号饭——有些行动不便的，需要等着护士们帮忙取下来。

刘慧和王巧玲都来自联勤保障部队的一所军队中心医院，来到火神山这么久了，两人今晚是第一次搭班轮值。王巧玲踏实肯干，工作起来不怕吃苦、敢于拼命，这让刘慧打心底里佩服。

两人一起进入病房区域一号通道换穿防护服时，刘慧的帽子和护目镜衔接不紧密，王巧玲赶忙找来宽胶带帮她粘贴了缝隙。这一细小的举动，让刘慧心里不由得感到一阵温暖。两人在外通道口分手时，王巧玲对刘慧做了个这里医护人员通用的手势：仰角，六十度。

一间病房的门虚掩着，正是9号病人所在的房间。在外通道上推着治疗车的刘慧从眼睛的余光中瞥到一个老人的身影。她警觉地停下了步子，朝里面观察。

老人应该是昨晚被转送到火神山医院的肺炎患者。刘慧想起昨天下午自己值班时这里还是个年轻人。老人躺在病床上，眼睛一直盯着那一小袋正在滴落的透明液体。刘慧顿了一顿，轻轻走了进去。

老人躺在床上，上身穿着秋衣，下身穿了条短裤，被子已经被踹在了地上，氧气面罩也散落在一旁。他的头发、眉毛和胡子都稀疏斑白了。此刻双眼微闭，眉宇间透露出一股虚弱，上下嘴唇微微颤抖着。

见此情景，刘慧赶紧上前，把老人的被子捡起来，给他盖好，又帮他翻身舒展，查看他身下的皮肤。这是对生活自理困难的病人必备的检查，对于这样的老人而言，如果长期卧病在床，不及时翻动身体，保持皮肤干爽，就很有可能产生压疮。

老人身下的中单已经湿了，刘慧赶紧替他换上新的中单，并一点点擦干他已湿的皮肤，帮他活动活动身体。老人舒适地呼了一口气，眉宇舒展开来。看着老人的变化，刘慧的心情轻松了许多。

谁知她刚刚直起腰，护目镜内突然涌起的雾气让她无法看清病房里的情形。火神山医院病房内的温度基本都调整在二十七摄氏度以上，从投入使用那天，这样的病房给了那些在寒夜里转来的患者很多的温暖和安全感。

这几批患者都是在黎明时分转到火神山医院的——环境趋于寂静的时候，病人的情绪会相对缓和很多。然而，较高的空间温度给医护人员带来一些行动上的困难。

进到医院病房外通道之前，刘慧把护目镜和眼镜用碘伏处理了好几遍，但还是起雾。病房内温度太高，被防护服严密包裹的医护人员肌体散发的热量无法分散，很多聚在了眼镜片上。

但这样的情形持续时间不长，忙碌中的医护人员很快就有了共通的“秘招”：变换调整上身，在一个合适的仰角上，护目镜里的视线会出现一块比较清晰的“取景框”。

刘慧不停地调整脖子，抬头低头，终于找到一丝“曙光”，在侧脸、仰头大约六十度的时候，她看清了老人的表情，老人正诧异地看着她。

午餐和晚餐都放在床头的柜子上，那是护士们习惯摆放的位置。饭盒一动未动，这让刘慧有些警惕。住进来的患者有的情绪比较急躁，他们的心理承受能力相对有限，本来症状并不危重，他们却常常把死亡挂在嘴边。老人应该是两顿饭没有吃了。

刘慧也是两顿没吃。每次值班，不管医生护士，大多会出现这样的情况。自从来到火神山医院，时间仿佛进入了无限的循环，没有黑夜和白昼的区别，也不知道每天过的是星期几，因为太忙、太累，人们很少有精力去想、去推算。对于他们来说，每天忙完后最奢侈的事就是能躺在床上好好地睡一觉。相比夜班而言，白班的时间更长。对于白班来说，最大的挑战就是连续六个小时的不吃不喝、不能大小便了。每次值班，刘慧都会空出两顿饭，以确保生理上完全可控。

刘慧把老人的身体调整到一个舒适的位置，老人耳背有些听不清楚，刘慧大声地和他交流，对他说昨天又出院了好几十个，希望很快轮到他。老人开始很失落，但交流了一会儿，他表示愿意吃饭。老人行动有些不便，努力了几下，想坐起来。刘慧向他比画，示意他不要动，她看到床头的水杯里放着一副假牙，于是小心地拿过来帮老人装到嘴里。

刘慧先是剥开一个橘子，掰成几小瓣儿，接着把橘子瓣轻轻地放进老人的嘴里。老人慢慢地咀嚼起来，有些干瘪的嘴吮吸着橘子的汁液。老人的吞咽功能似乎有些障碍，并不能完全把嘴里的橘子肉咽下去，嚼完了以后就要吐出来。刘慧见状，就用手接住老人吐出的橘子肉。

一个橘子喂完，老人的脸色稍有好转。刘慧摸了摸旁边的盒饭，其中一个还是温热的。她打开盒子，试着想让老人吃些米饭和菜，但没能成功——老人根本咽不下去。刘慧有些着急，站起来转了一圈，突然想起医院有为吃饭困难的病人准备的鸡蛋羹等流食。

刘慧赶紧用对讲机联系内走廊的护士，请他们送一份鸡蛋羹过来。她试着让老人用吸管吮吸，试了几次也不行。刘慧看着老人胳膊上的输液器，灵机一动，拿过一个注射器，一管一管把鸡蛋羹慢慢地打进老人的嘴里。

刘慧耐心地给老人喂饭，同病室的一个老大爷一直盯着，看到刘慧半跪在地上尽心尽力的样子，那个老大爷感叹着说：“唉，这个大哥自从昨天进来就不说话，醒着吧还好，一旦睡着了就使劲翻身，好几次摔到床下，把上一班的护士累坏了。”

刘慧说，老人年纪大了，如果不是这个病，必须得有家人陪床才行，大家都在一起，同病相怜，看着多帮帮他吧。

那个老大爷说：“他每次掉地上把我们也累坏了，我们要去叫值班护士，还要帮着护士抬他上床。”

刘慧笑了笑说，困难时期，大家都互相照应一下，谢谢你们了。老大爷又说，说谢谢就客气了，互相帮助是应该的，这个老哥可能是胃口不好吧，来了一直没吃没喝。

刘慧说：“你看这不是吃得挺好挺多的嘛，他可能是身体不舒服，起来比较费劲，又不想麻烦别人，所以就一直没有吃。”

老人显然听见了这句话，眼角竟然流出了泪水。

稍微平息了一下，老人很费劲地说，他的身体很不好，家里条件也不好，身上慢性病很多，就算不得这个病，也是活不了多久。他觉得不该占着这个床位，想留给年轻的病人，年轻的人健康了，还能给国家做贡献，他已经没有什么用了。

刘慧轻轻地拍了拍老人的肩膀，没有说话，也不知道能说什么，此时此刻她什么也说不出来。在这样一个全国困难的特殊时期，无论贵贱高低，每个人都在努力，都在为武汉加油，都在为消灭疾病做斗争，都在做着自己最大的奉献，即便这样一个患了肺炎的老人，也在想着腾出一张病床留给年轻人，留给希望。

戴着两层手套、手指笨拙的刘慧从床头柜的纸巾盒里抽出一张湿巾，轻轻地擦去老人脸上的泪痕。她默默地看着那张饱经沧桑的脸，那如父亲一般纯朴的模样，顷刻间，她的心里也涌动着更多的信心和希望。

一碗鸡蛋羹很快就喂完了，老人感觉好了许多，刘慧也觉得无比欣慰。走出病房，刘慧胸中的憋闷逐渐散去，但老人的话语却萦绕在耳旁，久久不能消散，她的思绪渐渐地飞动起来，仿佛飘到了千里以外。

每天的抗“疫”播报刘慧都在密切关注，连续多日向好的状态，足以证明举国之力战胜疫情的决心与能力，以这样的决心和能力，还会有什么困难不能克服？还会有什么疾病不能战胜呢？

6

补充完病号饭，王巧玲要和刘慧一起完成今天值班最重要的工作，测量全病区五十八名患者的体温、呼吸、脉搏、血氧饱和度，测量完录入PDA（“移动的护士站”，一种可录入、查看患者信息的手持终端）。她一直在紧张地忙活，时不时地小跑几步，虽然在这样的环境下，穿着这样的衣服，从自身防护出发，护理人员们做任何工作都应该慢而稳，但是很多活儿催着，现实的工作量实在不允许那样，衣服可以湿了干、干了湿，但患者的生命在面临着生死考验。

高强度的工作和停不下来的脚步，半小时之后，王巧玲就什么也看不清了，眼前雾蒙蒙的一片。因为要给病人的手上扎针，再去找那个仰角已经毫无作用，王巧玲急得在窗前来回摇头，但走廊上少许的低温也无法让护目镜上的雾气散去，只有偶然顺着护目镜向下流动的一滴汗水，才能留下“一小绺”清晰的世界。

刘慧说：“我今天走得慢，护目镜的雾气稍微好一些，我来扎针，你把病人的雾化都检查一下。”王巧玲试着去给患者做雾化，但是当她把病人治疗执行单拿在手里时，仍旧是一个字也看不清。正着急呢，一位在外面打水的年轻患者走了过来：“护士，你是不是看不清啊？要我帮忙吗？”王巧玲像是一下子找到了救星，赶忙说:“好，你帮我念下床号、姓名吧，其他的我来做。”

于是，年轻的患者配合着王巧玲，两人一个负责念患者床号、姓名和剂量，一个负责把配药打进雾化器里面。每到一个患者跟前，王巧玲都说:“我现在眼睛看不大清楚了，太模糊了，你看着我打药的位置，别打偏了。”病人们都特别理解，也特别配合王巧玲两人。病人们不停地说着感谢的话，王巧玲听了格外开心，笑着说：“只要你们都慢慢好起来，我们累也高兴。大家要安心配合治疗，争取早日康复出院。”

刚刚完成三个病房的雾化，楼道内突然响起一阵心电监护仪的报警声。王巧玲循声疾步走进走廊中部的一个病室。病室里，一位即将康复出院的大妈一边刷屏一边喝水，结果一不小心把水杯摔在了心电监护仪上。

王巧玲来不及和大妈多说，顺手拿起一卷卫生纸去擦机器上的水渍——现在是非常时期，每一台机器都在日夜发挥作用，监护着病人时刻变化的病情，一旦烧坏了电路，再调配新的机器过来，至少需要好几个小时。

低着头，王巧玲却很难找到合适的角度看清眼前的仪器，眼前仿佛一片雾，只能凭着感觉擦拭着机器。大把大把的卫生纸被浸湿，大把大把的卫生纸再盖上来。大妈红着脸有点不好意思，看着王巧玲的面罩下面一绺绺水珠往下流淌，也手忙脚乱地过来帮忙。

还好，机器没有发生故障，试了试，运行正常。“姑娘，你也是军队上派来的吗？”大妈可能觉得不好意思，特意岔开话题，把床头上的一张检测单拿在手里，那是她昨天的核酸检测数据。王巧玲笑着点了点头，她已经好几次和这个大妈打交道了，只是医护人员们全部防护严密，大妈根本分不清谁是谁，见过了也记不住。

大妈是位个体户，在当地开了一家旗袍店，她说店里所有的旗袍都是手工缝制，还说等她回去后要给这里的护士们每人定做一套，都是免费的。难得这个大妈有这样的心情，每一名服务的护理人员也都在鼓励她。大妈入院时的症状不算很严重，血氧饱和度身体体征都稳定，唯一不好的就是，大妈老是不停地刷着手机。王巧玲好几次告诉她，这样也是消耗自身能量的，希望她克制一下。但是大妈没听进去，拿着手机不停地和客户们视频，和亲朋好友们聊天。

直到一次复查，她的肺部开始变白，血氧饱和度也降到百分之八十以下，医生给她下了病危通知，大妈这才害怕起来，能严格遵守护理人员的要求了。大妈从一开始进来就胃口很好，她说自己入院之后重了七八斤，回家第一件事就是减肥。

大妈把手里的核酸数据单递到王巧玲的跟前："姑娘，你再看看，我都不敢相信呢。"

王巧玲在交接班的时候，大体知道了她的信息，经过不断的临床治疗，她的病毒核酸抗体已经"转阳为阴"，再过三四天观察期她就要出院了。但即便如此，也千万不可大意，王巧玲委婉而严厉地说了她又在不停刷手机的事，大妈红着脸说："我一定听话，一定听话。"

王巧玲接过检测单，特意鼓励了她一下："这么多病人里面，您是配合护士表现最好的，不仅能够按时休息，而且能够按时吃药吃饭，您的病症已经消除了，但还需要一个最基本的观察。观察期结束，您就可以回去和家人团聚了。"

大妈显得格外高兴，她说："刚开始得病的时候，我觉得天就要塌了，自己肯定活不了了。我有张给孙子考大学准备的卡，我的孙子才上小学，当时我觉得自己怕是不行了，就提前告诉儿子银行卡的密码。现在病好转了，你看，我这回去还得重新换个密码。”

大妈的话把王巧玲逗乐了：“大妈，那钱您就别再要回来了，再重新开始存吧。相信这一劫过去，您会高寿的。”

“唉，高寿不高寿的，咱也不去求，这次能从鬼门关出来，多亏了你们这样辛苦。我没有闺女，你们这样照顾，我觉得就像有好几个闺女一样。我活了一辈子，啥也都见过了，这几天我也看到了，要说你们当兵的，关键时候是能冲上去，真是不简单啊！……等我孙子长大了，我会让他去考军校，最好考个军医大学。你们救了他的奶奶，他也应该学点真本事去救更多的人！”

听了大妈的感叹，王巧玲的心里久久不能平静。在这座英雄的城市里，她已经好几次被这些平凡的人深深感动了，现在，这位大妈的感恩之心，又让她想起了一位司机师傅。

那是一次夜班，她在更衣室里耽误了一点时间，等到走出医院大门的时候，已经是十点半多了，当时她还抱有一丝希望：如果十点半的那班车还没走，她就还能坐上车。

接送医护人员的司机师傅都是固定的，他们都是当地人，也是武汉十几万志愿者中的一部分，为了方便联系，每名医护人员都和司机师傅之间留有电话。

看着空荡荡的停车场，王巧玲赶紧给司机师傅打去电话：

“师傅，你已经出发了吗？”师傅说：“对呀，出发了一会儿了，你刚出来吗？”王巧玲说：“对，今天有事，晚了点。”师傅说：“我已经走到汉阳大道了，不太好往回返。我给你个电话，你联系一下。对方姓曹，曹师傅能单独送你回去。”王巧玲既惊喜又感谢：“谢谢师傅。”

拿到电话号码，王巧玲赶紧联系上了曹师傅：“曹师傅吗？你好，我是火神山医院的护士，刚下班，没赶上回驻地的大巴，现在着急回去，能不能麻烦你过来接我一下？”曹师傅爽快地答应了：“没问题，我刚好在这附近，你在医院前面的路口等我。”

没过多久，曹师傅就驾车赶到了。王巧玲赶紧上车，说了声：“谢谢，麻烦你专门过来接我。”曹师傅说：“没事，我们更应该谢谢你们。我也有父母，有家人，你们大老远离开父母、家人来支援我们，完全不顾个人的安危，我们这些健康的武汉人也要像你们一样全力以赴，共渡难关。”

曹师傅乐观健谈，一边开车一边说：“为了方便你们医护人员下班回去，我们这些志愿者，自发地在多家医院附近接送医护人员，今天我就负责火神山医院这片儿。”

这让王巧玲有些震惊，本以为自己今天幸运才坐上了车，没想到曹师傅他们竟是有计划的行动。曹师傅还告诉王巧玲，他们虽然是自发的，但和医护人员一样，有群体、有组织、有纪律。

王巧玲问他大约有哪些人。曹师傅自豪地说："我们人很多，有政府公务员、农民工，有出租车司机、企业员工，有酒店的老板，等等，每个人都在尽一己所能，积极为早日战胜这次疫情做贡献。"

是的，来到火神山不久，王巧玲就听说了这个英雄城市的很多故事：酒店老板免费给医护人员提供住宿；出租车司机免费给医护人员保障出行；公务人员下潜社区加强人员管控；没有职能便利的各类志愿者纷纷走出家门，有的走入社区管控人员流动，有的走向路口给过往人员测量体温，有的开着自家的私家车送米送菜送药……千千万万个志愿者经过政府批准后走向了抗"疫"岗位。在这个最需要各方力量支援的时候，面对肆虐的病毒，他们无畏无惧，以特有的江城人的方式走上了抗"疫"一线。他们有的一干就是一天，回到家抓紧时间休息，第二天继续工作。他们毫无怨言，在灾难面前，他们不曾屈服，不曾放弃，他们是这乍暖还寒的春日里最美的风景。

那天晚上，车子到达驻地时，王巧玲眼角的泪还没有干。下车时，为了避免来回地推让，她把钱悄悄地塞在了座椅下边。

7

走廊上传来了又一间病房里的呼叫铃声，在穿过内通道时，王巧玲抬起六十度的仰角向外看了看：窗外是一片高楼，楼层间一片灯火闪烁，因为执行自我隔离措施，可能这些人的睡眠也颠倒了吧，或许他们打开窗亮着灯，想给火神山的人们心里点一片光明，告诉他们振作精神，一个个温暖的家在等着他们。

正在忙碌的沈利听到了王巧玲在对讲机里的呼叫，说是一号病房的病人喘不过气来，要见医生。一号病房的病人就是刚刚第一个查房碰到的那个中年患者啊，想到此，沈利忙完眼前的病人之后，转身向着外走廊的一端快步走去。

患者刚才去了厕所，大便的时间长了些，正是这段无法吸氧的时间导致了他的肌体迅速缺氧。沈利迅速检查了一下病人症状，呼吸衰弱、情况危急，难以自我缓解。

沈利赶紧用对讲机联系重症监护室的值班医生，又用对讲机通知值班搭档尽快将这位中年患者的病历整理好。又一场战斗开始了。

重症监护室的医生值班室里，刚刚赶来轮接下一班次的医生马凌正在做准备。马凌是一名技艺精湛的重症专家，也是火神山医院重症病区的副主任。

正在重症监护室病房里值班的有四名军医，“主任”赵汉卫和马凌等三名年轻的小伙子。来火神山之前，赵汉卫就是他所在医院的ICU的主任，主持ICU工作已经很多年了，在这里，大家都习惯叫他赵主任。

今天的工作相当繁忙，“17床的病人已经失去自主意识了，需要立即给她上ECMO（体外膜肺氧合，俗称‘人工肺’）进行维持。”刚刚巡视了病房，赵汉卫就发现了问题。听到赵汉卫的呼叫后，值班护士急忙拿起ECMO的管路，递交到赵汉卫的手中，开始执行置管操作。

肺炎病毒对病人肺部的损伤，会让病人渐渐地呼吸衰竭，有的病人会因此失去呼吸能力。为了应对这一症状，医生会给病人上ECMO。ECMO是代替病人肺脏的机器，病人的血液从股静脉注入机器，机器给血液进行氧气交换，交换完成的血液再注入人体，从而达到正常肺部呼吸的效果。

连上ECMO后的病人，各项生命体征很快恢复了正常，看着监护仪上的数字，“心跳65、血氧饱和度100、血压110/85”，赵汉卫对值班护士说：“再行血气分析，观察换氧效果。”值班护士立即给病人做了血气分析，结果显示病人的pH值、二氧化碳分压、供养分压等数值均恢复正常，两人这才放下心来。

病情稳定下来，病人才有恢复的希望。肺部的损伤并不会越来越严重，一旦病人挺过了危险期，那么病人的肺部就会逐渐地自我修复，从而有了康复的可能。

ICU病房的工作就是帮助病人维持生命，但是ICU病房里常常充斥着悲观绝望，这也是医护人员要面对的一大难关。凭着在ICU病房工作的丰富经验，赵汉卫常常对同事们说，在ICU病房，一是靠科学治疗，二是靠心理治疗。

还没处理完17床的病人，旁边床位就传来了护士急迫的声音：“20床的病人血压突然降低了，需要立即治疗。”医生唐君赶忙推着彩超机冲了过去，立即对病人进行检查。经过检查，唐君迅速做出判断，病人已经有多器官功能衰竭的症状，情况十分危急，需要立即干预治疗，提升病人的血压。唐君喊道：“赵主任，你过来看一下这个病人。”

赵汉卫放下手中已经连接好的ECMO管路，急忙赶到20床的旁边。唐君向赵汉卫详细汇报了20床病人的病情，并提出了治疗方法。赵汉卫点点头，说："可以。"

得到赵汉卫的肯定后，唐君立即行动，他对管床护士说："立即给病人增加液体输注，提升血压。"管床护士一边给病人输液，一边观察监护仪上的血压值。看见病人的血压逐渐回升，唐君深深地吸了一口气。大体量的操作已经让他汗流浃背，而今天的工作才刚刚开始。

看到20床的病人病情稳定，赵汉卫转过身子，回到17床。赵汉卫看了看面色苍白的病人，眉头微微皱了皱。病人的旁边就是ECMO机器，ECMO机器管路中流淌着病人的血液，经过ECMO机器的血液由深红色变为鲜红色，这是ECMO机器氧和处理的结果。

虽然有ECMO支持，病人的病情暂无大碍，但是最重要的还是要帮助病人恢复自主意识，让病人建立自主呼吸。一直不能自主呼吸，对病人来说是极其危险的。

赵汉卫向旁边走了几步，对值班护士说："需要对病人进行俯卧位通气治疗，帮助病人恢复自主呼吸意识。"赵汉卫和值班护士一起用力扶起病人，帮助病人翻身，然后拍打病人后背。经过反复拍打后，病人的呼吸逐渐恢复了，但是，呼吸还很微弱，还不能达到自我维持生命的要求。即便如此，赵汉卫也感到很满意了，付出的努力总算有了效果，只要有一线希望，就不能放弃。

处理完17床的病人，还没来得及喘口气，28床又出现了紧急情况。“赵主任，28床的病人心跳太快了。”床旁的护士大声喊道。赵汉卫马不停蹄地跑到床边，看着监护仪上150到160的心跳数字，赵汉卫急忙对周围的人说：“是房颤，需立即进行除颤，马凌医生，请立即告知家属。”

28床的病人有心肌梗死，得到药物治疗后，心率加快，如果不能及时给病人除颤，几分钟内病人就可能死亡。由于电击法对心脏进行除颤的风险很大，所以操作之前需要告知病人家属。

正在“黄区”备班的马凌立即调出患者病历上的联系方式，拨通患者家属的电话后，马凌简短地说道：“病人现在情况危急，我们准备用电击法帮他恢复心率，这有一定的危险，但这是他唯一的存活方法，你们同意吗？”家属说：“你们该怎么治就怎么治，我们都同意。”病人家属的理解让马凌感动，但是此刻却来不及感慨。

挂了电话之后，马凌迅速穿上二层防护服，套上鞋套后赶往病房增援。一同赶到的护士赶忙将除颤仪拉到病人身侧，接通电源后，马凌提醒大家全部离开病床。马凌双手拿起电极板，压在病人胸口上，随着一声“放电”的口令，病人的身体猛地颤抖了一下，监护仪上病人的心率出现了些微的波动，经过反复几次的操作后，病人的心率终于恢复了正常。就这样，医护人员把28床的病人从“鬼门关”拉了回来。

马凌深深地喘了一口气，伸展了一下已经僵硬的腰身，只有每次当抢救有了结果以后，马凌才能感觉到这副身体是自己的。马凌有着二十二年的重症监护室工作经历，经年累月的生死鏖战，锻炼了他冷静的头脑。

作为一个重症监护室的专家，马凌常常对他的战友们说：“我们一定要尽自己最大的努力和能力来抢救病人，无论生死，都不能留有遗憾。”这句话是马凌的从医信条，他对这句话有着特别的体会。

那是火神山刚开始收治病人的时候，曾有两位患者没有任何预兆突然病情恶化，这件事令马凌等所有的医护人员印象深刻。

每当夜深人静的时候，他常常会诘问自己：“这究竟是为什么呢？是我的治疗方法出了问题？是我的处理措施不够妥当？”这件事让已经历经了大小手术上万台、挽救过数以千计生命的马凌，第一次对自己的医术产生了深深的质疑。

后来，经过多次讨论和交流，马凌等专家们发现，临床表现较轻的肺炎患者同样不能掉以轻心，因为这并不能完全代表病人真实的病变状态。一个精神状态良好的病人，可能他的肺部损害已经非常严重了。这对医护人员的救治提出了更高的要求，从那以后，马凌变得更加细心，努力不漏掉病人的任何一点细微变化，不放弃任何一丝一毫的希望。

马凌常常给年轻的医生们传授经验："我们不能像以往一样，通过自我的感觉去判断病情，那样往往会'贻误战机'，我们要根据肺部影像和血液化验综合分析，才能前移治疗关口，给病人提供更加准确的救治。"

说到做到是马凌一贯的战斗作风，尤其是在这个争分夺秒的"战场"上，一秒钟的犹豫都有可能造成阴阳两隔的后果，特别是来到火神山之后，他觉得自己现在一天进行的抢救工作比原来一个星期还多。这里的病例大多特殊，更给他留下了深刻的印象。

就在前天，刚刚结束一天值班准备离开病房时，20床病人的心跳突然停了。病人的病情变化就像孩子的脸，从来不会区分时间和地点，下一秒就要进行抢救。那时候，已经连续工作了好多个小时的马凌早已口干舌燥，严密的防护装具几乎蒸干了他身体的所有水分，嗓子干得发疼。

按照一般的抢救流程，心肺复苏只持续一两分钟就可以见分晓。但是五分钟过后，这个病人却没有任何反应。马凌对大家说："我们不能放弃，再坚持一下，还有希望。"

病人身上的仪器嘀嘀地响着，像是时间的声音，又像是心脏跳动的声音，医护人员们疯狂接力，实施各种抢救手段。

“有了，有了！”突然的惊呼把马凌惊“醒”了，病人终于有了自主心跳反应，一滴滚烫的泪水从马凌的眼角滑落，而大家全部累得瘫倒在了地上。

对于每名医护人员来说，他们最大的敌人就是“习以为常”。回首从医的这些年，马凌经历了数不尽的生离死别、悲欢离合，但是他始终坚持自己的从医信条，不抛弃不放弃，倾尽全部心力对待每一个看似没有希望的患者。因为马凌知道，每一个患者的背后都是一个幸福的家庭。

还记得当时抢救结束时，同组的医生问马凌：“马主任，刚刚一开始抢救了那么长时间都没有效果，你是怎么判断出这个病人能救活的？是什么支撑着你做了这个决定？”马凌笑了笑，告诉他：“可能是那些曾经在我身边死去的患者给我的灵感吧，我当时就感觉这个病人能救活，就是一种单纯的直觉吧。”

但是并不是每一次的“战场搏杀”都能尽如人意。重症监护室最不缺的就是死亡，来到火神山的这段日子，很多病号从这里“离去”，大部分病人都是死于呼吸衰竭。呼吸衰竭最后会让病人有沉入大海的感觉，痰液灌进肺泡会产生强烈的窒息感，如同淹溺般痛苦。他们在最后咽气的时候，有的病人会紧紧抓着医护人员的衣服，但是所有人都无能为力。

每次一想到这些，马凌都难以抑制自己心中的悲伤，病人痛苦和恐慌的表情依然回荡在马凌的大脑中，病人最后的抽搐和呻吟时刻侵袭着他的每一根神经。看着刚刚在他手里起死回生的20床病人，自己付出的一切都是值得的。

除了必要的治疗工作外，ICU病房里的医护人员们还要照顾病人的生活。ICU病房里的大部分病人的生活都不能自理，需要定时给他们喂饭、喂水、擦拭身体、更换床单。

听到22床的老大爷想要大便，管床护士赶紧把便盆端了过来，让行动不便的老大爷能够在床上大便。老大爷大便完以后，有些不好意思，对护士说："辛苦你了，闺女。"护士露出了笑容，向爷爷举起了大拇指，说:"没事，这是我们应该做的，您一定要早日康复。"

就在大家终于可以喘口气的时候，值班室电话再次响起，挂掉电话，赵汉卫赶紧用对讲机呼叫值班人员：准备接收病人。他们立即就做好了准备。

救护车迅即抵达指定病区病人通道门口，沈利指挥着担架人员，很快，中年患者被放入了救护车里，将被转移到重症监护室。

中年患者被抬到了一个早就收拾好的监护床上，这个监护床上原先的病人积极配合医护人员治疗，病情好转，昨天已经转入感染病房。

护士们熟练地给病人建立静脉通路，连接心电监护仪等设备。“嘟——嘟——”监护仪等仪器的响声接连响起，掩盖了耳朵的嗡鸣声和心跳的声音，一股压抑感迅速充斥沈利全身，他不觉加快了动作。

重症监护室医护人员迅速采集患者的静脉血、动脉血和鼻咽拭子，沈利查看着患者的生命体征，监护仪上显示，病人体温三十八点八摄氏度，心率每分钟一百三十次，血压高低压分别为一百四十和九十，呼吸每分钟四十二次，指脉氧饱和度百分之七十。赵汉卫详细地询问患者的既往病情，这个时候，沈利的搭档送来了病人的医疗及护理文书。大家开始研判病情。

新冠肺炎是新发病，在临床上，它的很多特征并没有被人们完全掌握。最新的科研结果表明，新冠肺炎是一个自限性疾病，经过一个阶段，病人的病情可能会有所好转，其肺部功能会逐渐自我修复，身体也会慢慢康复。对于重症监护室的病人来说，最可怕的情形就是熬不过这个时期。而对于医护人员来说，抢救新冠肺炎重症患者的关键，也在于如何帮助患者平安度过这一危险期，这就像是人类和死神之间的一场“拔河赛”，病人就是那条“绳子”，坚持着挺过了这个阶段，重症病人就有可能转危为安。

救护车“嗖”地停到了病区通道口，担架队员迅速将中年患者抬到车上，送入早已备好的重症监护室病房内。

进来时病人还有极其微弱的呼吸，但刚刚连接仪器后，心电监护仪却“嘟——”地突然响起长鸣声，病人的呼吸、心跳突然停止。

马凌一下从半蹲的状态站了起来，一旁的赵汉卫迅速对病人执行胸外按压，并连声说道：“肾上腺素1mg静推，上球囊，联系气管插管，准备呼吸机！”一连串的抢救指令下达，大家忙而不乱，分工明确，迅速执行。

马凌走到床头，压额举颌开放气道，检查气道畅通后用“EC手法”固定面罩，行球囊辅助通气，以保证病人呼吸。一名护士推来抢救车，根据马凌的口头医嘱推注抢救药，并记录抢救时间和措施；另一名护士迅速连接起了呼吸机管路，开机检查呼吸机性能。

很快，气管插管也赶到了，负责插管的护士杨静静技术熟练，几乎是一次性插管到位。

插管成功，呼吸机开始带动病人呼吸，但病人的心跳却迟迟没有恢复。为了保证按压效果，大家轮流进行胸外按压。抢救不到五分钟时间，病人心电监护仪上出现了室颤波形，大家立即停下按压。这时，马凌接过准备好的除颤仪电极板，对病人进行电除颤，随着“放电”的指令，监护仪上终于出现规律的波形，病人的心跳终于恢复了。

大家高悬的心放下了一半，但是抢救工作还没有完全结束。病人的血压太低，需要快速补液并使用去甲肾上腺素维持循环。前期建立的外周静脉通路由于血管较细，难以满足治疗需要。

马凌在病人锁骨下的静脉处埋了管子，并让护士将配制好的药剂安装在微量泵上，使药物的输注更加精准。看着病人的血压在药物的作用下逐渐回升，大家这才松了一口气。

这场紧急抢救持续将近二十分钟，患者的生命体征明显好转，呼吸机支持情况下心率恢复到一百一十次，氧饱和度九十九，呼吸二十四次。“战斗”结束了，几乎每个人都累得筋疲力尽，马凌的衣服早已经湿透了，胳膊和背部由于长时间的胸外按压而酸疼不止。

在走回自己负责的病区的路上，沈利长长叹了一口气，虽然有着十几年的重症工作经历，见多了生离死别的场景，但是每每到这个时刻，他还是会惊出一身冷汗，生怕一条生命就此消失。

火神山医院里的救治，与新冠肺炎的斗争，还将持续很长一段时间。繁忙的工作并不可怕，但病人的抢救总是来得那么突然。这里是与死神搏斗的地方，这里的战斗惊心动魄，异常激烈。生命在这里得到尊重，获得极高的礼遇，但同时也遭致无情的损害和摧残。每每在夜深人静的时候，每当在进入梦乡以后，沈利总会梦到白天工作的场景，梦见自己在和死神争抢这一个个鲜活的生命。

8

在隔壁病区的病房里，火神山医院护理部助理员李红霞正在检查病区新入院病人情况。昨天新入院的病人整体情况不错，病情都不重，这让她松了一口气。李红霞想着可以教他们一些肺功能锻炼的方法，这样有助于他们病情的缓解。于是，她开始挨个病房地给这些病人讲解呼吸操的做法。

肺炎病毒对人体肺部的损伤是最大的，病情严重的可以造成患者的呼吸衰竭。呼吸操可以增加呼吸肌的肌力和耐力，预防呼吸衰竭的发生，比较适合病情较轻的病人练习。

李红霞立即开始行动起来，每走进一个病房，她都会以身示教，让他们边看边学。从怎样吸气、怎样呼气、怎样做才能提高肺泡通气量入手，带着他们反复练习。遇到不懂的病人，李红霞还会反复地教授，直到他们学会了为止。

有一个新入院的小姑娘，只有十三岁，她总是把握不好做操时的呼吸节奏，李红霞反复教了好几遍，她还是有些难以掌握。小姑娘用天真的大眼睛看着李红霞，不好意思地说："阿姨，我学东西总是慢。"看着眼前这个有些害羞的小女孩，李红霞轻轻地抚摩着她的脑袋："小丫头，没事，只是一点小问题，阿姨再教你几遍，你就肯定能学会的。"

小姑娘露出了浅浅的酒窝："阿姨，您真有耐心，就像我妈妈一样。她在家教我学习的时候，也是这么对我说的。"李红霞开心地笑了："丫头，我也有个姑娘，比你大上两岁，和你一样漂亮，我在家也经常教她，你要好好养病，争取早日康复。"

在李红霞的反复指点下，小姑娘逐渐掌握了方法，她还拿出了手机，把李红霞的动作都录了下来，她说她要分享到朋友圈里，让更多的人学会。看着她那天真的模样，李红霞心里无限爱怜地说："丫头，你真是个善良的好孩子，心和眼睛一样，都闪闪发光。"小姑娘嘿嘿笑了起来，拉着李红霞的手在身前反复摇晃着，她模仿着李红霞的口吻说："你真是个善良的阿姨，心和眼睛一样，都闪闪发光。"

"哈哈哈……"李红霞忍不住笑出声来，拉起她的小手，说，"你个小大人，谁说你学东西慢，你学得明明就很快嘛，不仅学得快，还会举一反三哩。你要好好养病，以后阿姨每天都来看你。”

十几个病人的呼吸操，李红霞足足教了两个多小时，每教一遍，她都感觉自己气喘吁吁。厚厚的两层口罩让她本身就呼吸困难，再加上大体量的呼吸运动，她一度有些喘不过气来。厚厚的防护服，把她紧紧地箍在里边，感觉自己就像一块身处蒸笼的地瓜，快被高温烤熟了。

9

结束了一天的值班，刘慧感觉到整个人已经虚脱。她着急出去呼吸几口新鲜的空气，但还要经过淋浴房的半小时冲刷之后才算圆满结束全部任务。

淋浴房就在更衣室的隔壁，任何一个进入过病房的医护人员，在离开火神山医院之前，都要重点清洗自己的耳朵和口鼻。这些最容易藏匿病菌的地方，必须完全、彻底、一丝不苟地清洗干净。

连续数小时的工作量，身体就像镶嵌到防护服里面，刘慧头重脚轻地向出口通道换衣间走着，一阵阵恶心直顶着喉咙。

出口的缓冲区是第三、第四通道，与进入时的程序相反。胃酸直顶着喉咙，刘慧有些无法忍受，旁边正好有一个垃圾桶，她想赶紧打开头罩，但又一想，在重污染区待了五六个小时，这样做实在太危险了，只能一直忍着、憋着。她又往前走了几步，快到换衣间了，恶心的感觉却猛然再次袭上来，她一个没忍住，“哇”的一声吐了出来。

腥臭的黄水顺着口罩向外溢出，憋闷得她无法呼吸；她扶着墙，快步走向换衣间。到了换衣间，就像把蚌壳里的肉硬剥下来一样，她艰难地按照流程脱下防护器材，每一个动作都像卸掉了万钧重负。

当刘慧完成最后一个动作取下N95口罩时，她觉得天旋地转起来，而总共近三十次洗手的感觉，也一时还无法从她大脑里消失掉。

短暂的快感过后是虚脱一样的疲惫，刘慧气喘吁吁地把身体靠在板房的厢板上，一动未动。不知怎的，她突然想家了，想起了自己的女儿。

刚才，就在临下班前，一个病人对刘慧说太想孩子了，就打开视频和自己的孩子对话。那个病人还让刘慧看她的孩子。那个小男孩是病人的二胎，今年才四岁。靠着厢板发呆的刘慧，想到自己的女儿正好也是四岁。

医疗队出发前一天，刘慧正在家带女儿看绘本，医院领导也知道她的孩子小，存在困难，只是征询式地问了她的意见。作为军人，必须服从纪律；作为护士，必须上到一线，这不是什么高大上的豪情，刘慧就是这样想的。现在，组织上征询她的意见，那就更没有什么可说的了。

临出发前的那天晚饭，一家人在饭桌前谁都没说话，只有什么也不懂的女儿在房间里拿着玩具熊走来走去。从来都是宠着孙女的婆婆，实在没忍住大声呵斥了一句，被吓坏了的孩子扑倒在刘慧的怀里。最后婆婆说了一句：“孩子在家你放心，一两都不会给你饿瘦了；你自己也要注意安全，早日平安归来。”晚饭后，婆婆执意不让刘慧进厨房，那个苍老的身影在厨房里一直忙到很晚。

听到一个新闻说有护士感染了，她家人也遭不幸，刘慧忍不住流下了泪水。出发之前，医疗队驻地来了几个记者，队长问她愿不愿意接受采访，刘慧拒绝了。而今，在火神山，每天面对这么多忙不过来的活儿，她更不想说话了。想想那个病人、那个病人可爱的男孩子，想想自己的女儿，刘慧只想干好自己的本职工作，希望用自己加倍的努力减少病人的痛苦，用自己的汗水向病人传递更多的信心和希望。除此之外，华丽漂亮的话语，对她而言，她不想说，也不需要。此刻，刘慧清楚地知道，自己需要的是休息，需要的是休整恢复后更加有效地工作！

进入淋浴间之前无法漱口，还得再忍一会儿。稍微恢复了一些体力，刘慧半闭着眼打开了水龙头。五十多摄氏度的热水把她烫得清醒了一些，站在那里，她想先这么淋上一会儿。雨线唰唰地打在她的身上，她咬着牙坚持着，必须得用这么高温度的水才能起到消毒的作用，作为医护人员特别是重污染区的工作人员，她们必须先保护好自己，不能出现丝毫闪失，一旦自己倒下了，病人怎么办?

刘慧觉得昏昏沉沉的，她想喊还在外面脱衣服的王巧玲，但是却使不出一点力气。热水还在哗哗地流着，恶心的感觉阵阵袭来。意识有些模糊，就像做梦一样，她觉得正飞离悬崖向下坠，一一闪过的人影有家人有同事有战友有病人。她想靠着墙稳住身体，却顺着墙滑到了地上。淋浴的热水继续浇着她，她挣扎了一下，似乎要起身，但实在毫无力气。她终于支撑不住，倒了下来。

“刘慧，刘慧！董护士长，快来人哪，刘慧护士长晕倒了！”刚刚走进淋浴间的王巧玲一眼看见倒在地上的刘慧。好在王巧玲个子高大，她一边上前把刘慧抱起来，一边往淋浴间门口大声喊人。

正在清洁区工作的董红娜听到喊声迅速跑了过来。参加过小汤山抗击非典的董红娜非常熟悉各种紧急情况下的应对措施，一听刘慧晕倒了，她立即就判断出是怎么回事了。董红娜赶紧从身上掏出一支葡萄糖针剂，用水使劲冲了冲，递给王巧玲说：“快，打开给她灌到嘴里，低血糖！”

10

手机上显示有两个未接来电，是老公昨晚十一点多打给王巧玲的。昨天是儿子的生日，中午的时候王巧玲和儿子在电话里约定好，晚上九点钟两人准时通话视频。没想到，昨晚理论知识考核，王巧玲参加考核，无法脱身，就把与儿子通话的事耽误了。想着和儿子通话时自己的保证，王巧玲心里很愧疚。

来到武汉之后，火神山的医护人员很是忙碌，工作量很大。与此同时，医疗队对每位人员的自我防护培训更是抓得紧。在这里，作为医护人员，王巧玲每天都要面对许多病人，而他们中大多是新冠肺炎患者。环境凶险，稍有不慎便会感染，医护人员必须细而又细，慎而又慎。一旦感染甚或相互传染，那将是无法想象的后果。

为了增强医疗队的防护意识和防护技能，卫生部门多次组织专家为全体医护人员分批授课培训，还要组织知识技能的考核。王巧玲是各个方面都表现突出的护理人员，就在前几天，她火线突击入党。

手机屏幕上显示未接电话的绿色灯光闪了又闪，王巧玲不知道该怎么给儿子回复这个事了。也许这个点他们已经起床了，也许儿子苦等了半夜才入睡，这个时候还在梦乡。手机“嘟”了一声，一条信息发了过来：“今天你是小夜班，这个点应该下班了。儿子没事，哭了一会儿就睡着了，你放心工作，不用担心。”

坐在椅子上平息了一会儿情绪，王巧玲歉意地回复了一条信息：“老公，不好意思，昨晚考核、加班，凌晨值班，现在才刚下班，儿子醒来后，给他解释一下吧。”老公很快回复了过来：“你辛苦了，路上别着急，没事，平安是最好的。”放下手机，王巧玲嗓子里好像被一块棉花堵着，她深深地吸了一口气，缓缓地自言自语道：“儿子，妈妈以你为骄傲，昨晚没有及时陪你，妈妈向你道歉，以后一定天天不离开你！”她的声音很小，恐怕只有自己能听到，但她相信，儿子也能知道。

11

洗消组的工作还没有完成，董红娜和她的战友们今天又要加班了。新入院的病人和交接班换下的医疗污染品都是工作的重点，董红娜的防护洗消小组很快就会过来以专业手段收集处理；可重复使用的护目镜，则要先浸泡在消毒液里，然后再用专业工具收走。隔离衣、防护服等一次性的消耗品要专业包装后运走焚毁。

病房里，一个小男孩给董红娜留下了极深的印象。每次董红娜和方远鹏进入病房收拾垃圾时，那个男孩就那么认真地打量着他们。男孩的目光清澈透明，这让她想到了自己的儿子，这样的目光让她心里温暖，她从内心里热爱这里的每一个病人，谁都会有生病的那一天。

董红娜每次在清洁之前都要先跟病人交流一番，看看他们有什么需要帮助的，比如需不需要打水，还需要拿个什么，等等，这是清洁之前的“前奏”。

第一次见那个男孩时，董红娜记得很清楚，当时看到那个男孩瞪着大眼睛，董红娜以为他有什么需要。正要上前一步准备问询，哪知道刚刚凑近男孩，他就奶声奶气地喊道：“大白。”

董红娜顿了顿，眼睛有些湿润。“大白”这个称呼她是听过的，它是一个温暖的动画人物，白白胖胖的身体，柔软地保护着主人的安全。这个称呼和他们好像，用一个温暖的心，慢悠悠又坚定的行动，保护着病人和战友。

他们的清洁打扫工作宁慢毋快，宁久毋短，但是不能做过多停留。搭班战友调皮地对着孩子比了个心，他们就继续工作了。病房里的垃圾清理工作是个体力活，而且直接接触病人的血液、体液、唾液等，存在的潜在风险很大。他们要更仔细才行。孩子刚刚的一声“大白”，是对他们工作最大的肯定。董红娜觉得心里温暖极了。

病区有五十八张床位，就会有五十八种不同的生活习惯。每次打扫的时候，董红娜都要挨个询问，尽量满足他们的需要。虽然一直穿着厚厚的防护服，几天下来也和每一位病人混了个声熟、影熟。

从第一次起，每天走近小孩子的病床，他就会轻轻地叫一声“大白”，乖乖地看着董红娜他们收拾。

12

按照程序，沈利的最后一项工作就是做医嘱补充。今天是个不同寻常的日子，病区有十四名新型肺炎患者会在这一天痊愈出院。作为值班医生，他必须在值班结束时做好病人出院前的各项准备工作。对讲机在嘟嘟响着，沈利忙不迭地接起来。缓冲区里的医生办公室紧急通知他，由于病区电脑办公系统出了问题，为十四名出院患者准备的一周用量的中药汤剂还没有联系好。

中药汤剂是出院病人回家自我隔离时必须服用的药品，绝不能有任何耽搁！沈利马上电话联系了中药房的李医生，在他的帮助下，以最快的速度将这九十八服中药汤剂领回科里，并分发到十四位出院患者手中。

21床的阿姨正是今天出院患者中的一员。王巧玲一边替阿姨收拾着行李，一边叮嘱："阿姨，恭喜您了，马上就要出院了，出院了以后，也要注意隔离，还是不能掉以轻心。”阿姨走到王巧玲身边，握着她的手说：“到走了也没能看到你的样子，唉，我是真想看看啊。”王巧玲说：“没关系的，阿姨，我们以后肯定还能再见的。到时候，你可要请我吃饭哦。”阿姨开心地笑了起来：“好，一言为定，我等着你，虽然没见过你的样子，但是我记得你的眼睛，你的眼睛很漂亮，隔着护目镜，我也看得很准。”

王巧玲刚刚为21床阿姨收拾完，对讲机里就传出集合的声音。相处了一个多月，人与人之间储存了那么多生死之间的友谊，21床阿姨说着话突然伤感起来：“闺女，我这得走了，真怕咱俩见不到面了。”

21床阿姨的情绪也感染了王巧玲，她把头稍稍仰起，不想让眼泪流下来，戴着护目镜，她无法擦拭眼睛，流泪会很难受。但是，道理虽然都懂，每一次病人出院，医护人员和患者们总会依依不舍。

将21床阿姨送到了病人出院通道，王巧玲看到了留言本上满满的祝福，每一个从这里走出的患者，都会给医护人员们留下感动。阿姨拿起笔，在上面写着：“战友们，你们辛苦了，你们也一定要平安回家。”

看着阿姨的留言，王巧玲把一封早已准备好的信封交到她手中："阿姨，这是我们为您准备的祝福，记得回家再拆开看哦。"阿姨惊讶地看着王巧玲问："这是啥？怎么搞得神神秘秘的。"王巧玲笑着说："肯定不是吃的，病房里有规定，什么吃的都不能往外带。这是我们医护人员为每一名出院的患者专门准备的，信上面是出院后的吃药规定、在家隔离需要注意的事项，还有我们祝福的话语。现在拆开不方便，而且还容易丢。"阿姨听了以后，微微一笑，右手握拳，向王巧玲比画了一个"加油"的手势，说道："谢谢你，加油！"

随后，沈利将这十四名出院患者集中到一起，医护人员为他们每个人及其要带离医院的每一件物品都进行了彻底的喷洒消毒，以防病毒再次蔓延、扩散。

当沈利准备带着他们离开病区时，两名患者突然叫住了他。他们把一封感谢信交到他手中："医生，这是我俩代表大家给你们白衣天使写的几句心里话，谢谢你们这段时间的精准治疗和精心护理，让我们能在这么短的时间内就康复出院。虽然我们看不清你们的容貌，但我们却感受着你们的伟大。我们十四个人也想和你们这些白衣天使合个影，留个纪念，希望你们能够答应。最后，祝愿你们一切顺利，平安健康！"

大家自觉地排成两列，不约而同地举起了拳头，在镜头前齐声喊道："武汉加油！中国加油！"

离开的时间到了，沈利准时把这十四名出院患者带到了医院大门口并顺利完成了交接。他们没有相互握手，没有相互拥抱，只有隔空挥手、握拳、竖起拇指相互道别，相互鼓励！

看着他们一个个登上专车，沈利心中有种说不出的轻松与欣慰。这场抗“疫”仍在继续，也许面对的挑战会更加严峻，但对打赢这场没有硝烟的战争，沈利有了更充分的自信。

看着病人们离去的背影，王巧玲突然感觉心里空落落的，转过头看了看同来送行的战友，她又感觉浑身充满力量。走回病房的时候，王巧玲赶紧整理了自己的心情，她想着还有后续的战斗要进行。

就在刚刚踏入“红区”的时候，一个病人急匆匆地对她说：“护士，刚才没找到你，+2床的病人拉裤子里了！”王巧玲突然想到交班时同行给她交代的事，她大骂一声自己“该死”，迅速向着+2床老人的病房跑去。

+2床是一位七十多岁的老人，刚来的时候，精神状态差，呼吸略急促，插着尿管，只能卧床，有时还略显烦躁，经过这段时间的治疗、护理，老人家各项指标都恢复得很好，每天坚持下地活动，性格也开朗了许多。

老人家很可爱，像个小孩子一样，每次都坚持自己吃饭，不喜欢麻烦医护人员。老人虽然情况比其他人严重一些，但一直很稳定，怎么会拉在裤子里呢？王巧玲一边跑动一边想着：老人可能是有些拉肚子吧，平时并没有出现过这种情况啊。

一进门，就看到老人家的右腿上一片黄，他自己正在用卫生纸不停地擦拭。看到王巧玲进来，老人家明显有些不好意思，嘴里咕哝着：“我刚才没来得及，就弄到裤子里了，以前没这样啊。”言语间充满了愧疚。

这时，管床医生也赶到了，看着老大爷愧疚的样子，大家赶紧安慰他。

王巧玲从治疗车上取来了消毒湿巾、尿不湿、中单和拖把。管床医生和王巧玲一起，用湿巾帮老人一点点擦洗干净，帮他换了新裤子和新拖鞋，又把地面打扫干净。看着老人家内疚的眼神，王巧玲对老大爷说：“大爷，您别见外，不用把我们当外人，我们来了就是为您服务的，我们都是一家人。”老大爷傻傻地笑了起来：“那多不好意思，你们一天这么忙，我能不给你们添麻烦就不给你们添麻烦，这次生病我就不想连累家里人，自己一个人去隔离了。”

又问了一些老人的其他情况，详细做完了记录之后，王巧玲对老人说：“大爷，我们既然来到武汉，就没有把你们当外人，我们都是一家人！”听王巧玲这么一说，大爷也不尴尬了，开心地笑了起来。

13

换班的时间到了，沈利走回缓冲间的路上，感觉两腿发飘，雨靴里的汗水已经有了走在水田里的感觉，护目镜仿佛刚刚洗过，也像被淅淅沥沥的小雨淋过一般。

雪花还在飞舞着，但明显没了之前的力气，似乎今天的表演已接近尾声。和下一个班次的同行们交接完毕后，沈利站在二楼通道沉思了很久。他故意让雪花飘在脸上，他需要这份凉爽，防护服里憋闷的雾气和那些病人眼里的泪水，像挥之不去的幻觉，反复出现在他的眼前。

雪花积聚着，打湿了他的头发，打湿了扣得松散的领口，沈利不禁打了一个寒战。看来回去之后又要把电热毯开到最大挡烘一下了，这是沈利预防伤风感冒的土办法。

站台上的班车早已在那里等候着，每一名轮值的司机师傅都兢兢业业，怀着一种敬意接送着来往火神山医院的医生们。这些勤勤勉勉的工作者，不但为火神山医院的医生们提供了诸多的便利和帮助，也和医护人员一样，给抗疫中的武汉增添了更多的希望和动力。

沈利打着手势向司机报以微笑。机车轰鸣起来，车辆开始向驻地方向驶去。在家休息的战友们或许已经为他打好了饭菜，细心的女同志还自备了小锅，在这个充满寒意的早晨，一定会有温热的饭菜。

刘慧走到车子的最后面，往座椅上一靠，感觉身上再也没有力气了。坐在她旁边的王巧玲在包里翻了翻，发现一个昨天储备的橙子。王巧玲剥了皮递给刘慧：“你先垫垫吧，肚子里一直空着，这样哪行？”

来到武汉的这些日子，饭菜没有问题，后勤保障人员想得非常周到。有两个过生日的战友虽然无法吃到蛋糕，无法进行聚餐，后勤人员仍然按照连队那样的方式，为两位战友每人准备了一碗鸡蛋面条。但因为封城带来的不便，新鲜水果还是有些缺乏。

医疗队有两个小护士傍晚偷着出去到外面买苹果，被发现后写了深刻的检查——按照医疗队的明确规定，特殊时期、特殊环境，又在疫情如此严重的武汉，这样做是绝对不允许的，对自己、对战友都不负责任。

但队员们普遍有了口腔溃疡，的确也需要补充一些营养，对于一些天天离不开新鲜水果、常常想念大苹果和大樱桃的女孩子来说，嘴馋是难免的。

车子在摇摇晃晃的节奏中行驶着，车厢里突然响起了《希望》的歌声，不知是谁起了个头，和音很快升了起来：

看天空飘的云　还有梦

看生命回家路　路程漫漫

看明天的岁月　越走越远

远方的回忆的　你的微笑

天黑路茫茫

心中的彷徨

没有云的方向

希望的翅膀

一天终展开

飞向天上

歌声停了，很久没有人说话，有人在翻看着手机，王巧玲在想着临别时老公亲自下厨做的饭菜，而刘慧则在想着女儿的模样。

“你们想家吗？想孩子了吧？”董红娜问大家。她的儿子已经当兵了，她说自己是个毫无牵挂的人。但是，就在刚才的歌声中，她给父亲回复着短信：“爸爸，因为您，我才当了兵。小时候不懂事总怪您忙，可现在我懂了，深知军人的使命大于天，您用一言一行立起了我学习的榜样，长大后我就成了您。您的每一次出征、获得的每一项荣誉现在都成为激励我不断前行的动力，我为您骄傲！”

歌声又响起来了，无论是哪首歌，大家总是一起合唱，从《你在他乡还好吗》到《渴望》，大家一首接着一首地唱。声音渐渐从低吟转向高扬，声音带着哽咽，有的战友一边唱一边流泪，也许是歌词的内容打动了歌者，也许是此时此刻的情景契合了歌词本身的意境。

坐在副驾驶上的董红娜悄悄对司机师傅说：“师傅，尽量开慢点。”正在聚精会神开车的司机师傅马上明白了过来，他松了松脚下的油门，这些处于一线、神经高度紧张的工作人员，需要这样的放松。

某个座位上响起了抽泣声。司机师傅的油门已经松到底了，车子悄无声息地停了下来。谁也没有要求车子继续开动，大家尽情地歌唱，尽情地流泪，尽情地放松，因为从下一个班次起，一切都要恢复到原来的样子。

车子终于又缓缓启动了，大家相互靠在一起，唱得累了，声音也小了。歌声中的沈利迷迷糊糊睡了过去。睡梦里，火神山变成一座炊烟袅袅的山村，山村一片翠绿，在云雾里斑驳璀璨，就像云雾里猛然亮起来的灯光。那不就是出发时看到的灯光吗？

沈利从刹车震动中醒来，雪花已经停了，空气中朦胧的暖意，充满了城市的每一个角落。而太阳已经完全升起，明亮的光线正透过这座城市四散开来。

第二章
生死“红区”

1

忐忑等了一晚上消息

家家（武汉话，外婆）还是走了

你知道什么是拼尽了全力

却无能为力的感觉吗

我知道……

3月6日凌晨，新闻里那个从方舱医院转到火神山要带外婆回家的女孩阿念（吴尚哲），在她的朋友圈里发布了这样一条信息，并代表家人与火神山医院签订了遗体捐赠书，外婆走了，去了天堂的家。

2月17日的时候，眼前这一切距离阿念还非常遥远。那个雾蒙蒙的下午，一辆救护车行驶在通往火神山医院的大道上，除了满身防护服的医护人员，还有那个戴着红色棉帽、红色围巾的“90后”小姑娘。

大大的眼镜框乍看上去倒和护目镜很像，厚厚的解放军迷彩大衣把阿念包得严严实实。医生告诉她，她已经快好了，可以放心自己的身体。她也笑着回答道，相信自己会好起来，也会让自己的外婆好起来。

车子在往前开，透过挡风玻璃依稀能看到远处的火神山医院。马上就要见到外婆的阿念，戴上了耳机，静静地望着车窗外，听着那首最经常听的歌曲《天黑黑》。

阿念是个普普通通的武汉女孩，在这场突如其来的疫情中，她和家人一起被诊断为“新冠肺炎疑似病例”。不久，阿念和外婆都被确诊感染新冠肺炎。因为她是轻症患者，被送到了武汉客厅方舱医院隔离治疗，而外婆症状比较重，被送到了火神山医院收治。父母也被分开，一个到了指定的酒店隔离，一个居家自我隔离。

家人同染病，分别在四个不同的地方隔离，这一切都让这个二十六岁的姑娘承受着巨大的压力。

阿念在北京是一名编剧，1月19日从北京返回武汉时，“人传人”的信息开始散开。在街道办工作的母亲和阿念随后出现疑似肺炎症状，发烧、腹泻、呕吐，但经过查询，似乎只是虚惊一场。

武汉的情况越来越危急，母亲开始埋怨自己不该让阿念赶回武汉。武汉封闭了，母女俩躺在一张床上，这些天来，该说的话早就说完了，也说累了，她们各自想着自己的心事，听着外面救护车辆的鸣叫，每一声都让她们心惊肉跳。

几天后外婆突然病倒，病情陡转直下，但在那个时候，就医比较紧张，也不安全，外婆就这样在家呕吐了好几天。最终送往医院的时候，外婆已经虚弱得严重。全家在医院做了检查，一家四口肺部全部感染。

从医院回来，一家人闷闷无语，身边的朋友、熟人已经陆续有人倒在肺炎的魔爪之下，在打开房门的那一刻，阿念心里一阵悲凉：以后这里要成为无人居住的空房子了吗？

父亲劝大家不必多想："肺炎并不代表就是新冠肺炎，必须核酸阳性才是。"父亲的话不无道理，但大家谁也高兴不起来。

2月13日，一家人幸运地做上了核酸检测，结果出来那一刻，阿念永远无法忘记那个"宣判"一样的结果：阿念核酸检测阳性，立即隔离；外婆肺炎症状较重，立即送往火神山医院；父母分别隔离。

外婆被收治在火神山医院综合科，综合科的病床很少，原本不向病人开放，是为预防医护人员感染病毒备用的。但随着感染人数剧增，医院决定把综合科也用来收治病人。

2

这一天的综合科，除了新冠肺炎带给大家的悲伤，也有一件开心的事即将发生。二病区的副主任医师隋洪波，正加紧处理着手里的工作。一个小时后，隋洪波将在病房里以视频连线的方式参加火神山医院组织的火线入党仪式，对于这位年龄已经不小的“老同志”来说，这样的时刻和这样的方式，让他觉得非常激动。

像往常一样，隋洪波要挨个给病人做一遍检查，看到37床的那位韩大哥时，隋洪波没忍住，把今天要入党的事告诉了他。37床的那位韩大哥是隋洪波的“老病人”了。刚入院时，他情绪暴躁，是隋洪波的及时开导给他建立了信心。时间长了，两个人聊天也多。

听说隋洪波今天要入党，那位韩大哥惊讶地睁大了眼睛：“我以为你早就是党员了呢，你工作干这么好，人也这么好，怎么会才入党呢？”

韩大哥这一番话，把隋洪波弄了个大红脸：“组织考验一个党员，是需要过程的，不是好人就能入党，还得看能不能经受住考验。”那位韩大哥也觉得刚才的话说得不合适，连忙说：“对对，党员是需要考验，经得起考验的，才是真正的共产党员。”

韩大哥撑着身体坐了起来，对一旁正在查看监护仪的隋洪波说：“一进门就看到你‘走路带风’，一猜就知道你有喜事。”

隋洪波哈哈笑了起来：“我这次入党可和平常的入党不同，因为参加这次抗击疫情的任务，上级特地批准我们这些表现好的火线入党，你知道啥是火线入党吗？”

看着隋洪波笑嘻嘻的表情，韩大哥狐疑地说道：“不就是入党吗，我知道，要先成为积极分子，然后再成为预备党员，最后再转正成为正式党员。”

隋洪波摇了摇头，像是打开了话匣子一般，他一边给韩大哥做着治疗，一边给他讲起了入党的事。

隋洪波说：“火线入党就是遇到战争、灾难等特殊情况，对做出重大贡献或参与危难工作的人规定的一种简化入党程序，和你刚刚说的普通入党程序还是有一定区别的。”

韩大哥听后，露出了恍然大悟的表情，向隋洪波竖起了大拇指，笑呵呵地说：“我现在知道，为啥每次国家有难的时候，都是党员优先了。因为优秀的人才都加入了共产党，就算有些像你这样的‘漏网之鱼’，也都被火线入党给全方位覆盖了。”

隋洪波笑了笑，说：“不全对，只能说我们党员理应如此，这次来武汉，我坚决请战，希望能够来一线参与救治。其实，还有很多默默付出的志愿者，他们有很多都不是党员，但是他们的思想觉悟一样很高。”

韩大哥感慨地说道：“是啊，话说回来，还真要好好感谢你们，你们不顾个人安危，抛家舍业没日没夜地为我们服务。共产党员，靠得住！等我出院了，我也要加入共产党，你看我够不够标准？”

隋洪波听后，站直了身子，双手交叉放在腋下，露出一副“审视”的样子，摇着脑袋说道：“你呀，我看危险。”

韩大哥一副不服气的表情，皱着眉头说道：“为什么？我思想觉悟可高着呢。”隋洪波仰面笑了起来：“思想觉悟高，刚来的时候还消极治疗？”

韩大哥不好意思地干咳了两下，说道：“哪壶不开提哪壶，以后我好好治疗，我也要加入共产党。”隋洪波收起了笑容，向韩大哥竖起了大拇指，说：“只要思想觉悟高、表现好，党组织就会考虑你的，好好治疗，以后一定有机会加入共产党的，加油！”

得到了隋洪波的鼓励，韩大哥重重地点了点头，他也有些兴奋。尤其是得知了隋洪波要在病区里宣誓的时候，韩大哥更为自己的治疗医生感到高兴。

韩大哥看着忙个不停的隋洪波，心中感动不已。自从来到火神山以后，他经历了太多感人的故事，身边的每一名医护人员都充满了热情，他们就像火焰，让隋洪波在这场“寒冷”的抗“疫”中感到温暖。他现在终于明白了那句“星星之火，可以燎原”的真正含义了，他也要成为这火，给周围的人带来温暖。

下午三点，隋洪波和值班护士一起，准时走进了缓冲间。在这里隋洪波要完成他的入党宣誓仪式，从此正式成为一名党员。隋洪波想脱掉一层隔离衣，他想让自己尽可能舒服一些，让自己离党旗更近一些。已经工作了很多年的隋洪波，已经知道入党消息好几天的隋洪波，此刻还是压抑不住内心的激动，他的手心出了大量的汗水，这让他脱衣服的双手显得有些笨拙。

病区的值班护士打开了与现场的视频连线，一面鲜红的党旗占据着整个屏幕。党旗庄严地挂在了礼堂正中间的墙壁上，现场的三十四名党员雄姿英发，正挺拔地站立在党旗下。无论在电视里还是生活中，隋洪波都已经见过很多次这种场面，但是此刻，他还是被眼前的场景深深地震撼了。一旁护士举着手机的手也微微颤抖着，这一刻她也是见证者。

《国际歌》透过手机屏幕缓缓响了起来，隋洪波有些热血沸腾，能够在这样的“战场”上入党，那有着特殊的意义，他觉得这是自己一生中最大的光荣，他觉得有什么声音在向自己呼唤，他觉得自己此刻充满了力量。

站在一旁的护士也跟着默念了一遍入党誓词，她是一名老党员，但此刻依然无比激动。

宣誓的时刻终于到来，视频中鲜红的党旗像一团跳动的火焰。隋洪波右手握拳高高地举起，他将那段早已烂熟于心的宣誓词背诵了出来。隋洪波感觉此刻像是在云端，突然有一些不真实的感觉，当说到那句“随时准备为党和人民牺牲一切”的时候，他露出了坚定的表情，心中满满的都是责任和担当。

窗外的雨还在下着，滴答滴答的雨声搅乱了隋洪波的思绪，从缓冲间走出来后，隋洪波好像还沉浸在入党宣誓时的澎湃当中，看着窗外无边的雨幕，隋洪波心里暗暗发誓，一定不负重托、不辱使命。

3

和隋洪波同样激动的，还有海军医疗队的那名护士刘怡琳。因为想着病房里的病人，仪式一结束，刘怡琳就赶紧奔向病区穿衣间了。

此刻的重症监护室护士站里，穿着厚厚防护装备的护士刘怡琳正准备进入病房“红区”，科里给她重新调配了病人，她着急回去全部查看一遍。

一边推开病房的通道，一边还在回忆着会场的激动。一位领导在仪式上讲的话让刘怡琳记忆深刻：入了党，不是让你们喊口号的，作为医护工作者，作为共产党员，在火神山，要坚决与国家和人民心连心；要坚持在党的领导下，为人民健康保驾护航，一起打赢这场阻击战，一起平安回家！

火线入党仪式很简短，对刘怡琳来说，却实现了自己等待多年的愿望：加入中国共产党党组织。宣誓的话语依旧在刘怡琳耳边回响，但她来不及静静回味，她需要赶紧回到自己的岗位上去。

走进“红区”，按照新分配的患者名单，刘怡琳推着治疗车开始为每一名由自己负责的患者进行治疗与护理。

重症监护室作为医院的特殊科室，与感染病房相比，这里的患者更易出现焦虑、恐惧、孤独、绝望、人格丧失等心理问题，所以医护人员和病患沟通的时候，难免会觉察出他们心理上的微妙变化，而刘怡琳用自己重症工作七年的经验精心护理着每一位患者。

因为是首次接触新分管的病人，刘怡琳和每一个人都热情打着招呼。11床的病人给她留下了深刻的印象，他严肃的表情下有一副异常坚定的眼神，虽然每次当刘怡琳走到他跟前，他只是点点头作为回应。给病人做好基础护理后，刘怡琳这样自我介绍道：“爷爷您好，今天感觉怎么样？我叫刘怡琳，是部队医院前来支援的护士，看您的年龄是七十二，我爷爷的年龄是七十五，您可以叫我小刘、怡琳都行。”

病人仍旧皱着眉头，什么也没说，但刘怡琳安排的每一项治疗和护理，他都极力配合，有的时候用眼神直接“告诉”你：不用解释，我相信你们。刘怡琳每做完一项治疗，病人都要说句

“谢谢”。

把自己的分管病人全部检查一遍后，刘怡琳不由得又回到了11床病人李爷爷那里。她总有一种感觉，这个看起来严肃的病人很有亲和力。在重症病房待久了，面对死亡多了，碰到一个“心仪”的病人不容易。

最重要的是，刘怡琳今天太过激动，总有一种热情在激烈燃烧着。迎着刘怡琳的目光，李爷爷怀着关心的口气说道：“闺女，你和她们不一样，你看起来特别高兴。”

刘怡琳马上接着话茬说：“爷爷，我入党了，刚刚入党。”

李爷爷疑惑地问：“刚刚？这是医院啊。”

刘怡琳说：“对，就在刚刚，在一线，庄严宣誓，火线入党。刚刚，我们一共三十四个人，集体火线入党。”

李爷爷也像刚一起入党的新党员一样，声音坚定洪亮却略有颤抖：“我那个时代，入党是为能上战场打胜仗，我打仗受了伤，是党和国家救了我，给了我第二次生命；现在，我生病了，党和国家又在给我治疗，给我第三次生命。唉，我老了，新时代这把火炬交给你们了，加油。”说完，老人努力地把手从被子上举向身体上方，映入刘怡琳湿润的眼眸中的是一个标准的敬礼。

李爷爷躺在病床上的敬礼让刘怡琳深感意外，那个敬礼动作虽然缓慢，但特别标准。看着李爷爷向她敬礼，刘怡琳有点受宠若惊："爷爷您也是党员？"

李爷爷说："对，你是新党员，我是老党员。但是，毛主席说过，世界是我们的，也是你们的，但是归根结底是你们的。入了党好啊，有组织了就好啊，如果没有组织，我哪能活到今天啊。"

李爷爷年轻时参加过南疆自卫反击战，他是第一批走上南疆战场的老兵，也是他们连队参加战斗时兵龄最长的老兵。那是一次穿越敌人火线的时候，李爷爷当时是老兵代理班长。当他带领一个班要越过一道敌人的火力封锁线时，困难出现了。

要越过那道封锁线就要越过一道小土包，而那个小土包正是敌人的火力封锁点。李爷爷作为老兵身先士卒，一个翻滚就越到了土包对面。当时，李爷爷带着的是几个新兵，李爷爷翻过土包后，新兵们却不敢翻过去了，李爷爷无奈，又从土包上翻了回来。当他督促新兵们一个个翻过去之后，自己却在第二次翻越时被敌人瞄准了，他的后背留下了深深的伤痕。

撤下战场之后，李爷爷被送到云南一家军队医院，在那里，他昏迷很长时间才醒过来。他的腰肌被撕裂，无法动弹，部队的医生、护士端屎端尿伺候着他，这给他留下了无法忘记的印象。

李爷爷说，从战场下来，是部队医护人员的精心护理给了他第二次生命；现在他不但浑身是病，而且还得了这个肺炎，又是部队的医护人员救了他，这算是第三次生命。后面两次生命都是部队医院救活的，这辈子就和部队分不开了，只是组织对他照顾得太多，他觉得无法报答而羞愧。

刘怡琳赶紧安慰李爷爷："您的身体也为祖国付出过，祖国照顾您那是不忘您为祖国的奉献。您之前说得对，一切都是因为有着强大的党组织。"

李爷爷又接过话来："如果没有党组织，谁管咱们呢，谁管这几万肺炎病人呢，如今所有病人全部免费治疗，只有在中国共产党的领导下才能完成这样的大事。"

说到很多病人对新冠肺炎治疗前景的忧虑，李爷爷却对医护人员的科学治疗充满信心。李爷爷说："不要总问有没有特效药，我觉得你们就是特效药，军队就是特效药。我两次生命都是部队给的，难道这不是特效药吗！"

李爷爷的这一席话，让刘怡琳很受鼓舞，她比刚才更激动了，她郑重地站到李爷爷对面，然后说："爷爷，我也得给您敬个礼，敬一个热爱组织的礼，敬一个相信科学相信医护人员的礼。"

4

阿念走上救护车的时候，外婆在打着点滴，病房里一床难求，外婆就坐在楼道的椅子上。看着阿念，外婆说了句：好冷。阿念把自己的羽绒服脱下来给外婆披上，她不知道这一走还能不能再见到外婆。

阿念很快被送到了武汉客厅方舱医院。她来的时候带了香水、睡衣，还带了一本考托福的学习资料，她打算在这段"安静"的日子里，好好加强一下词汇储备。但是，来到之后，阿念才发现，方舱医院并没有想象中那么"安静"，每天都是哭声，每天都是情绪失控的大吼大叫，那些悲伤和绝望闭上眼睛都能看得见。

父亲打来电话，问她方舱里面冷不冷，能不能吃得饱。她说一切都很好，父亲没有听清，她就大声重复：一切都很好。旁边的一位大妈极不耐烦，她翻眼看了一下阿念，不满地说道：医院能有个什么好！

在隔离的时间里，她努力镇定，面对现实，她告诉自己要做方舱里最乐观的女孩，即便会迷茫，但勇气一直在。乐观向上的她，在那个集满全国各地物资、凝聚着爱心的方舱，感动了许多不曾相识的人。

2月17日，阿念和方舱的“战友”一起畅谈着自己今后的打算。她说康复后有两个愿望，第一个是出去旅游，好好地看一看她热爱的这个世界。第二个就是痛痛快快地喝瓶冰镇饮料。在大家被她逗得哈哈大笑的时候，阿念接到了她母亲的电话。从电话中，阿念得知她的外婆就在火神山医院。为了不让阿念有太多压力，父母一直没有告诉她外婆到底病情如何，人在哪里，更别说外婆在火神山医院抗拒治疗、拒绝进食的危急情况。这次母亲在电话里说，家家几天不吃不喝，拒绝医护人员的帮助，医院通知家人，如果能有家人来照看一下，老人或许能有所改变。

按照规定，可以进入火神山医院照看老人的，必须是确诊的患者，阿念是唯一合适的一个，她是核酸阳性患者，符合条件。母亲还在电话里分析着外婆的病情，阿念这边便挂了电话。她急着去找值班护士，她要求转到火神山医院。

阿念的身体虽然恢复情况不错，但还没有治愈。爸爸对她的决定一口否定："你不能用二十多岁的生命，换你外婆九十岁的生命。"但阿念已经想明白了，什么也没有亲情重要，她在电话里终于说服了自己的父母，正式申请由方舱医院转入外婆所在的火神山医院，她希望能够陪同外婆治疗。

5

综合科的更衣室里，护士李丽丽刚刚换上迷彩服，忙完了一天的值班，就要回去休息了。和她一起赶回驻地的搭班护士谢薇薇还在淋浴间里磨蹭。李丽丽走到通道外面，抬头看了看天空，连续多次的阴雨之后，今晚竟是满天的星星。

在病区门口踱着步子，李丽丽最放心不下的还是那位叫夏艳文的老人。老人刚被送到火神山医院的时候，状态一点也不好，她看起来有些瑟瑟发抖，不只是冷，也或者有别的原因。

老人常常显得悲伤，她对护士们说：哲哲也病了。李丽丽问她：哲哲是谁？老人说是外孙女，叫吴尚哲。

很快，李丽丽就从医生那里了解到情况，老人最疼爱的外孙女正住在某个医院，因为祖孙俩同为确诊病人，医生们正在考虑将她的外孙女调整到老人跟前，配合医护人员们对老人进行更好的看护和照料。

老人转来的时候，接诊的护士就是李丽丽和搭班周燕。所以她们对老人的印象特别深刻。老人稍微有点胖，李丽丽每次给她翻身的时候都要费很大的力气。

老人刚住进来时，还算乐观，因为她觉得自己的病情并不严重，不像一起来的很多老人都住进了ICU病房。但是，这样好的状态并没有持续多久。或许是想到家人隔离几处而难过，老人开始情绪不稳烦躁起来。虽然有医生和护士们的轮番开导，但是老人的心理负担却越来越重，觉得自己的病好像治不好了，有些郁郁寡欢。

傍晚喂饭时，老人眼神里充满了恐慌，作为一名经验丰富的护士，李丽丽一眼就发现了异常。 李丽丽试着和她聊了几句，很快知道了原因，同病室的两个病人聊天时，提到老年人更易死亡这样的话题，让老奶奶受了刺激。

李丽丽在老人后背上垫了一个枕头，让她半倚着，尽可能舒服些。喂了几口水之后，李丽丽耐心地为老人举了一些社会上最近治愈出院的老人的例子，特别跟她讲了安徽省新治愈了一位九十三岁老人的事情：“奶奶，您还年轻那人三岁呢！何况您底子好，啥也不要怕！”她们足足聊了十多分钟。因为下班时间到了，李丽丽不得不暂时离开，并告诉老人明天再来看她。临走时，李丽丽悄悄把另外两个病人批评了几句，让她们说话一定要注意点。

6

“今天星期几了？”谢薇薇不声不响地走到李丽丽跟前，问话声把她吓了一跳。

“啊……星期天吧？”李丽丽还没从思绪中回过神来，胡乱地答应了一句。

“怎么一个星期又转完了？”谢薇薇嘟囔了一句。每天除了值班就是恶补睡觉，时间过得没有黑白概念。

在上通勤车之前，两人在门口的消毒垫布上又把鞋底做了一番杀菌处理：“时间太快了，年初五来了火神山，今天都二月初二了，一会儿得给家人打个电话。”李丽丽满脸疲惫地回应着，在她老家，农历二月二也是一个隆重的节日呢。

“哎呀，外面的空气是真甜呀！”在防护服里憋闷了几个小时以后，新鲜的空气似乎是最宝贵的东西了。谢薇薇仰着脸庞，眯起眼睛，就像来武汉之前和女儿在树林里散步那样。

空中飘起了蒙蒙细雨，远处还是一片黢黑，李丽丽拢紧外套，一下子感到了冷。“走，别感冒了，上车！”她轻声提醒谢薇薇。

催着谢薇薇上车后，李丽丽特意往驾驶室一看，仪表盘上显示的外面温度是七摄氏度。她心里嘀咕：二月的武汉，真是春寒料峭。班车在夜雨里呼呼地一路驰骋，车厢里光线暗了下来，或许是大家都感到累了，相互没有怎么说话。一个人坐在两人座椅里，李丽丽终于安静下来，想起来到火神山快一个月，又是二月二，她想给老公打个电话，但电话无法接通。老公是名警察，自疫情暴发以来，他每天也在一线执勤，很少回家休息，正在上初中的女儿，经常要靠邻居家的阿姨照顾。

李丽丽一路胡思乱想地又是担心，又是愧疚，班车驶抵医疗队驻地，已经是晚上十点多了。在驻地门口仍要重复一遍除菌处理，一套程序下来，李丽丽已经筋疲力尽，她强撑着疲惫不堪的身体，直接走进浴室的门。

每一次值班回来，打开房门就要先到浴室，这也是每个队员每天回来必备的课目。这次的抗击肺炎行动，从初期的局势恶化到现在的有序防控，整体情况大有好转，病毒情况已基本得到遏制。但是目前出现的超长潜伏期病例也表明，这次的冠状病毒十分狡猾，连疾控专家们也觉得有些难以捉摸。

为了最大限度确保医护人员自身安全，医疗队制定了严格细致的规程：轮值人员除了在医院下班后进行规定的个人洗消，回到驻地后，再累再饿也要坚持再走一遍洗消流程。而且，各种细节都有据可行：淋浴冲洗必须是四十摄氏度以上的热水，高温更有效果，时间不短于三十分钟，细菌耐不住长久的湿热；然后再用特定的消毒液洗涤自己的眼睛、鼻腔、耳朵等，这些地方最容易残留病毒，薄弱环节必须清洁到位；最后再把自己的衣服、靴子一一进行开水洗涤与消毒。做完这些才能放心地吃饭、喝水和睡觉。

李丽丽按照医院的区域划分，把自己的房间也做了区分：门外是污染区，进门之前先把外套、靴子等脱在门外的衣服筐里消毒杀菌；进门后的走廊和卫生间是清洁区；床铺与吃饭、活动的地方是安全区。

滚烫的热水落在疲惫的身体上，这种感觉显得真实而又虚无缥缈。在这种虚无缥缈的感觉中，李丽丽想到了“神”这个字。很多出院的患者说：你们就是火神山的神。但谁也不是神，大家都是血肉之躯的凡人，都有牵肠挂肚的老母、稚儿，更有难以割舍的情丝梦絮。

但作为军人，这一切虚无缥缈都必须放下，温情必须放下，牵挂也必须放下。既然在军旗下受领了庄严的使命，为了肩上那份神圣的职责，在这场前所未有、空前惨烈的全民抗“疫”中，大家就必须冲向最前线，冲向比两军对垒的战场更凶险、诡异的病毒疫场。

这些日子里，不少医护人员倒下，成为这场特殊“战役”中牺牲最为惨重的一大群体，每当发生这样的新闻事件时，老公和女儿总会给李丽丽发来很多叮咛的信息。在这场如此严峻的全民“战斗”中，为了最终的胜利，每个人都要付出很多。但为了更多人的幸福，为了国家和人民，作为军人，身上的白大褂就是此刻的战袍。

女儿今年中考，作息时间很重要，李丽丽下班后没敢给女儿打电话，按照日常作息，女儿那个时候已经睡了。女儿的学习不错，在班级里面比较靠前，因为疫情影响，学生们都不能到学校去，只能在家上网课，这让李丽丽有些担心，她担心孩子本来就近视的眼睛会度数加重。

这样没人打扰地想想女儿也是一件幸福的事，病房里那个叫夏艳文的老人也是这么说的。那个老人和自己的外婆同岁，她说最想的就是自己的女儿，她经常躺在床上一声不吭，李丽丽给她做翻身时，她好几次说：我的女儿也是这样，我的女儿也是这样……

老人喜欢说农历，李丽丽印象深刻。第一次和老人聊天问到她的年龄时，李丽丽有点“尴尬”。老人没有回答李丽丽她是多大年纪，而说了句“我是庚午年年末出生的”。庚午是哪一年，李丽丽还真不知道，看到李丽丽不往下说话了，老人补充了一句：“1931年。”

八十九岁，这正好与自己的姥姥同岁。李丽丽想象着，当任务结束后，回家见到外婆时，告诉她自己在火神山医院帮助了一位和她同年的被新冠病毒感染的老奶奶，外婆一定会非常非常骄傲的。

“丽姐，你泡好了没有！”谢薇薇在敲门。

李丽丽关掉水龙头问了句啥事，谢薇薇在门口大声说道：“群里有消息，明天会有十八名治愈患者出院。”

在火神山，大家就是这样，只要有病人的好消息，总会迫不及待地相互告知。即便大家都会看到群里的消息，但最先知道的人总是忍不住一阵嚷嚷，“宣传”。

是的，这样的心情可以理解，在这样特殊的时期，在这个特殊的地方，在这样特殊的任务中，除了这样的消息，还有什么能让大家更高兴呢？

李丽丽把喷头拧得更大了，她要赶紧冲洗完毕，然后美美地躺在床上。淋浴的喷头瞬间加重了流速，水花打在身上无比惬意，李丽丽憋住一口气，她在水花里昂起脸，她的心里在自言自语着：“明天一定要把这个好消息告诉夏奶奶，一定要加油啊，奶奶！”

扑通一声躺在床上，这是一天最幸福的时候，手机的视频通话再次响了起来，是女儿打来的，她还没有睡！接通视频，女儿惊喜的声音传了过来：“妈妈，你回来了，我好想你。”

女儿和姥姥、姥爷聚在一起，桌上放着一个大大的蛋糕，上面用果酱写着：“妈妈，辛苦了，平安回家！”

看着那九个滚烫的大字，李丽丽强忍着不让眼泪流下来，她不想让女儿看到自己的脆弱。女儿十六岁的生日，这是她专门要求写在上面给妈妈的字，家的温馨顿时不远万里透过屏幕、跨越山海传了过来……

她们的驻地坐落在江边。平复了心情的李丽丽站在窗边，远方巍峨的黄鹤楼在阴沉沉的天空中若隐若现，楼上的灯火此刻已经黯淡了，不禁让人想起了崔颢的那句“昔人已乘黄鹤去，此地空余黄鹤楼”。

蜿蜒的长江如巨龙般横亘天地，林立的高楼与远方的灯塔交相辉映，茫茫的江面与阴郁的天空融为一体。原本繁华的街道此刻却冷冷清清，失去了烟火气息。

这是李丽丽第一次来武汉，之前一直想来武汉旅游，亲临黄鹤楼感受一下古人的风采，但一直没有机会。现在就在黄鹤楼下，她却没有这个兴致了，对她来说，眼下最重要的，就是和战友们齐心协力战胜肺炎。

当然，再游武汉，她一定会来的。

站在窗边，望着滚滚流动的江水，这一刻，她感到这座被封了的城市是“封不住”的。

7

父母再也没有阻拦阿念的“任性”，是的，孩子说得对，什么也没有亲情重要。父亲在家庭群里发了一个红包，备注着：我爱你们，盼平安归来。

在相关部门多方协调帮助下，两天后，阿念获准了转院，前往火神山照顾自己的外婆。转院的这一天，阿念看到病友们围在一起跳着广场舞，她也参加了进来，想要用舞蹈来冲淡自己内心的焦虑，用舞蹈来告别方舱、告别“战友”。她要把方舱里的愉快和乐观带给自己的外婆，相信她和外婆一定会好起来。

临走时，她的一个朋友说：“阿念，你要记住一句话，去火神山并不是奉献自己，而是要把你的外婆带回来，我相信你可以。”阿念回头看了一眼她曾经住过的方舱，阳光普照，她的身后留下了长长的影子。

救护车向着火神山驶去，一向活泼的阿念突然无语，她的眼睛湿润，她在心里暗暗对自己说：这次，一定要把外婆带出来！

穿过层层卡点，经过了无数次的体温检测，阿念终于抵达了火神山医院。一道黄色的隔离墙立在她的面前，中间是全副武装的工作人员。护士李丽丽在病房里见到了阿念，那天正是李丽丽值班，李丽丽想尽了一切办法想让外婆吃点东西，但是外婆似乎很倔强，就是不吃饭。

火神山医院给阿念留下了深刻的印象，军事化的管理，急急忙忙穿梭着的医护人员。这里没有方舱医院唱KTV的大姐，也没有跳广场舞的阿姨，那来自全国各地的军队医疗人员成了她最钦佩的最可爱的人。

外婆住在火神山医院综合科。见到外婆的第一面，阿念愣住了。外婆半昏迷着，蜡黄的脸色让她心疼得难受，外婆花白的头发四散在脸颊周边，透明的塑料管插进了她的鼻腔，郁结的眉头有着让人无法言说的焦虑与恐慌。

阿念的眼泪滑落，滴湿了她的口罩和衣襟，她心中那个可爱、乐观的外婆去哪儿了？阿念一遍遍喊着“家家”，拉着她的手轻轻晃动着，外婆的眼睛慢慢睁开，她看到了阿念，眼睛里含着泪水。

外婆皱起的眉头微微舒缓了，泛黄的面颊也透露出了些许红润，她伸出还夹着脉氧仪的右手，想要触摸阿念的脸颊，但是由于距离太远并没有实现。

外婆艰难地翻动着身体，左手缓慢地抓住右边的床栏，用尽力气挣扎着起身，花白的头发随着颤抖的身体散落在脸前。阿念紧紧抓住外婆的手，拂起外婆脸前的白发，和外婆紧紧地抱在了一起。在阿念的耳边，外婆带着责备的口气说："傻孩子，你怎么来了，这会传染……"

病床前面站着一位高大的医生，他是火神山医院专家组副组长，透过他的护目镜，阿念依然能看到那双炯炯有神的眼睛，他的隔离服上清晰地写着名字：毛青。

"你是她的外孙女啊。老太太别的治疗配合得还好，就是不吃饭，我们喂她，她也拒绝。不吃饭意味着没有抵抗力，我们只要有时间就来病房看看她。" 主治医生洪国耀详细地向阿念介绍了外婆现在的情况和病情的一些变化，叮嘱她一定别让外婆过于激动。

毛青主任俯下身子，趴到外婆耳边，说："老太太，让你的外孙女来照顾你，我们是费了好大周折的。你一定要吃饭听到没有，有什么不舒服的给她讲，她会转给我们。你不吃饭不行，人是铁饭是钢啊。我每天过来看你，看到你要笑啊，睁开眼睛就要笑，你不是还要回去遛你的小狗吗？得好好吃饭才能回去，听到没有？”

做了简单的交代，毛青对旁边的几名医护人员说：“咱们走吧，让这个孩子陪陪老人。”临走前，毛青主任又对阿念说，“你可要好好地照顾姥姥哦，要是照顾不好，我就对你不客气喽。”

听到这种布置任务一样的部队语气，阿念心里满满的感动。医护人员和病人亲如家人，替她日夜守护着外婆，她满怀感激地说道：“谢谢你们之前一直悉心照顾外婆。”

阿念也知道，唤起外婆的斗志是她当前的首要任务：“你吃东西好不好，我是过来照顾你的。你要好好吃东西，我就是来带你回家的。”

因为担心连累家人，外婆拒绝和医生沟通，而且已经两天没进食了。外婆的肠胃功能受到损伤，吃什么都容易呕吐，所以不太想吃饭。为了让外婆好好吃饭，阿念使出了她的撒手锏——哭。阿念从小是外婆带大的，在外婆的眼里阿念就是她的唯一。

外婆只能喝点小米粥，病区里没有配备电饭煲这样的电器，值班的杨小林医生从外面为阿念带来了电饭煲，洪国耀医生给外婆送来了一箱八宝粥。

阿念把稀饭递到外婆的嘴边，告诉外婆：“家家，喝稀饭。”

外婆任性地说：“不吃。”

阿念说：“喝稀饭，非要你喝稀饭。”

外婆固执地把头扭向了一边。

阿念焦急地说道：“家家，我求求你了，你吃点吧，不然你的病怎么好？怎么和我一起回家？”阿念急哭了，眼泪止不住地往下流。

阿念抽泣着说道：“你不吃饭，病怎么能好，你治不好，全家人都在那儿着急，妈妈给我打电话时就哭了，让我告诉你一定要好好吃饭，配合医生治疗。”

看到外孙女的眼泪，外婆无奈地摇了摇头，她又不情愿又心疼的表情像是一个小孩，最终还是阿念胜利了，外婆就这样妥协了。

8

董红娜进来收拾卫生的时候，感觉到这位幸福的老奶奶气色好了很多。自己最疼爱的外孙女来了，这自然是最幸福的事，但是又一想到，在这样凶险的病房里祖孙俩聚在一起，又说不好该祝福她们还是该担心她们。

“阿姨，这几天你的情况有所好转，建议你可以下床适量运动了。”董红娜一边将老人的便盆倒在专门的垃圾包裹里，一边大声对老人说。老人有些耳背，再加上两层口罩，董红娜每一句话都接近于喊了。

老人摇了摇手，阿念翻译道：家家说不想动呢。

董红娜笑了笑，这个勇敢的女孩给她留下了深刻的印象，有很多媒体都在采访她，真希望一切都能如大家所愿。

十七年前，在小汤山抗击非典时，董红娜也曾经遇到过这么一位老人，她到现在还清晰地记得，那个老人名叫高淑贤。

当时，老人的老伴已因非典离世了，精神打击加上病魔缠绕让这位大娘失去了生活的信心，说要随老伴而去。高大娘家里没有其他亲人，在与世隔绝的院墙内，董红娜和高大娘有种同生死共命运的感觉，希望和她一起平安走出小汤山医院。

那一天，董红娜穿着两层“猴服”，戴着护目镜，套着三层手套给大娘扎针时，心情极为复杂，触摸不到她的血管，她只能用心去感觉，当时高大娘呼吸非常困难，不能戴口罩。突然，大娘对着董红娜的脸咳嗽不止，董红娜确实有些提心吊胆，但又不能躲避。作为一名医护人员，在患者面前，她必须要从容、镇定。

高大娘也是有一位小亲戚得了非典，为了便于相互照顾，在大娘进来后半个月，小女孩也转过来了。小女孩名叫“雪冰”，是病区年龄最小的一个病人。有一天小雪冰问董红娜：“阿姨，我会死吗？”董红娜说:“不会的，生病不代表就会死亡，你症状轻，很快就会没事的，但是，你要帮我一起劝奶奶也勇敢起来。”

小雪冰果然消除了心理负担，她不但自己开开心心的，也不停地逗着奶奶让她开心。不久之后，高大娘和小雪冰都幸运地康复出院了。

在小汤山完成任务就要撤离的那天，北京下着大雨，身披雨衣走出医院大门，董红娜竟然抬头看到了小雪冰和她的父母。他们得到了医护人员要离开的消息，冒着大雨前来送行。

那天的大雨中，大家流着热泪拥抱，高声大喊：“我们胜利了！”每个人都无法控制自己的感情，在那些病房里的日夜里，生与死，就是一线之隔。

而今天，董红娜比任何人都懂病床上这对祖孙的心情。虽然病魔还在四处肆虐，威胁着人类的生命，但全国数十万医护人员的决心，已经形成了足以杀死病魔的宝剑。

董红娜依然记得，大年初二凌晨三点多，单位领导把电话打到她家里：“董护士长，接上级通知派你去武汉驰援，能不能上？”董红娜毫不犹豫脱口而出：“院长，能，没有问题，我参加过抗击非典，相对来说有点经验，就让我去吧！”院长说：“好样的，明天九点半医院会议室集合。”

就这样，经过必要携带物资的准备和几天岗前必要的集训，甚至来不及举行一个任务出征仪式，他们就在火神山开院前一天降落在了武汉天河机场。

如今已过了农历二月二了，这场战斗已初见曙光，董红娜看着病床上坐在外婆跟前的阿念，真希望她就是十七年前那个幸运的小雪冰，在不久之后，能带着外婆离开。

9

把夏奶奶床头柜上的剩饭清理完后，董红娜正要往最里面的一个病床去收拾，“红区”走廊窗户那里，一个站着的阿姨叫住了她：“清洁工，我是18床，我们卫生间地漏堵了，一会儿麻烦帮我看一下吧！谢谢了。”说完阿姨就一闪不见了。

董红娜和方远鹏对视了一下，在护目镜下轻轻地笑了。“清洁工”，这是第一次有人这样称呼他们。

病人的需求就是命令，董红娜快步走到18床病人所在的房间。果然看见卫生间地漏处覆盖着头发和一些小纸屑。那个喊她过来的18床病人没在现场，病房里的人说她身体好，每天都要在走廊里活动活动。

董红娜说：“还想着活动锻炼多好啊，你们都应该学习她。”董红娜慢慢地弯下腰，用手轻轻拿走地漏上面的头发和纸屑，看着地漏通了。董红娜准备开始下一项工作的时候，18床的阿姨运动回来了，探过头看了一眼卫生间的地漏，很高兴地说:“哎哟，这么快，你们清洁工就是专业啊！”

董红娜忍不住笑了，说道：“对，我们是专业的。”阿姨听到这个声音，停住了脚步，疑惑地看着她。

在这里，病人想要认识医护人员是不容易的，每个人都穿着防护服，除了护目镜后的眼睛什么都看不出来。这里的识别凭借的都是声音、身影还有衣服上的字。18床的阿姨疑惑地转到身后，仔细辨认了一下防护服上的字，叫道：“哎哟，你看看，我还把你们认成清洁工了，真是的，你看看我……”阿姨一边说，一边歉意地笑着。

董红娜的笑声从口罩后传出来：“阿姨，我们不仅仅是清洁工，还管维修呢，你看洗手间我们都会修理呢。我们就是这儿的大白。”

“大白是什么？”这下轮到阿姨疑惑了。

方远鹏说：“大白就是超人，就是什么都会，你们需要什么，我们就会什么。”

阿姨道：“哎哟哟，那可使不得，什么都会还不累坏了。”阿姨满眼的心疼。

方远鹏道：“阿姨，没事儿，我们就是为你们服务的。”感觉小伙子的嗓子像是上火了，声音有些沙哑。那个阿姨很心疼地说道：“哎哟，我就不耽误你们工作了。你们一会儿也要早点休息。”

董红娜知道，方远鹏的声音之所以变得沙哑，是因为洗消工作要接触大量高浓度的消毒液。在洗消组，他们每个人的嗓子都有血丝，眼睛也出现了刺激症状。董红娜的右眼结膜有大面积的出血情况。当然，这些都是防护服之下的秘密，“不足为外人道也”。

随着病人的增多，洗消组的工作量也越来越大。洗消工作能直接影响病人的状态，一个整洁卫生的病房，总会让患者的心情好很多。

病房里把他们叫作“大白”的孩子，最让董红娜感到心疼。每次进入病房，她都能看见孩子那清澈的眼神，像一泓清水，给看到的人带来希望。

10

下班的时候，董红娜正好与病区总务护士吴丽娟赶上了同一班车。吴丽娟也是位有着十多年丰富临床管理经验的护士长，也在奥运安保和多次大项演习中都表现突出。病区总务护士就是协助护士长做好护理质控和护理文书工作，吴丽娟正是合适的人选。

这一次班车的时间是晚上六点半。夜幕降临了下来，街灯映照在沉寂的街道上，泛出黄色的光芒。车轮的沙沙声打破了静寂的时空，司机把车开得又快又稳，想把刚刚结束一天工作的医护人员快点送到驻地休息。

车厢里灯影斑驳，借着路灯的光，吴丽娟回头看了看同事们，每一张脸上都挂满了疲惫。让她们睡一会儿吧，按照工作程序，回到驻地还要开今天的工作总结会。自从进驻火神山医院之后，不管多么疲惫都要复盘当天的工作，为下一个明天做好充足的准备。

吴丽娟揉了揉酸痛的胳膊，担任总务护士的这一天，就像平时度过的一个月，那么多繁忙的工作，就像一幕幕的电影一样，不断呈现在眼前。

早上是一天中最繁忙的时候，一天会有好几个上下班班次，所有人员的防护耗材、治疗药品、医疗设备和病人的生活物资都要在这个时间段完成。在任务栏里，这只是一句话，但把这么多物资一件件地扛下楼，装到推车上，再分发下去，需要很大的体能储备量。

火神山医院修建好以后，病房外的各种设施都是后续一点点进行的，院子里的路高低不平，每走十几米就有一道坎，护士们像是力大无穷的纤夫，每当此时，必须使出浑身力气，抬起重重的推车继续前进。

领完了上千斤重的物资，完成了四五个来回，汗水把大家的防护服都湿了好几遍，但这才是开始，分发到位的物资，还要进行拆箱分类、清点核对，然后上架。吴丽娟觉得自己俨然已经变成了一个“大管家”。

新冠病毒主要的传播方式是飞沫传播，每天进行逐个病房的消毒，是一件不能马虎的大事。一位八十七岁的老大爷提意见，说他就是闻不得这种消毒水的味道，吴丽娟对他说，这个味道是不好闻，但是它正在杀死病人们咳嗽出来的病毒细菌。

吴丽娟更多的是关心病人在新的一天里有什么需求，对护理工作有什么意见、建议。小到一个喝水的纸杯，大到病人使用的仪器设备，每一项都关系到病人的情绪和治疗效果。

每一名护士都很辛苦，不仅是体力，随着温度增加，防护服带来的“高热”也让大家不停地出汗。看着护士们来回奔忙的身影，吴丽娟既心疼又不能放松要求，她像老师检查孩子的作业一样，不断挑护士的毛病，查看之前的护理文书和记录。遇到错误，当场指出并纠正，治疗的每一个细节都不能忽略……

但这一切也都有了回报。就在今天下午，病区又有一批新冠肺炎患者出院。在为这些幸运的人送行时，那依依告别的场景给所有医护人员带来的是满满的幸福感和安慰感。在出院通道那里，十八名治愈患者每个人都拿着感谢信，或者好几页，或者只有简简单单一句话，他们纷纷找医护人员合影，那场面，似曾相识，好像老战友们在一起聚会后道别的场景。在这场“战斗”中，病人和医生，每一个人都是一名战士，他们必须配合好，才能取得最大最快的胜利。

有眼尖的患者看到了站在角落的吴丽娟，一名患者高举着双手向吴丽娟跑来，却在不远处停下了。他向着吴丽娟鞠了一躬，再起身眼睛已经湿润。吴丽娟点点头，此时无须多言。十八个人代表着一个阶段的胜利，这是对医护工作人员连日辛苦和疲惫最好的慰藉。有了他们的安慰，自己和战友们还能一起争取更大的胜利。

想着那热闹的场面，吴丽娟突然想起+27病床的奶奶，这几天她的情绪不好，对自己的情况没有什么信心。吴丽娟把下午的送别情景用病房iPad录了像，明天要拿给+27床的老奶奶看。

白天的疲惫让吴丽娟思路一瞬间中断，望着车窗外武汉的景色，她突然眼睛湿润了。她说不清这眼泪的由头，反正就是想流泪。但作为总务护士，现在还真不是哭的时候。护理工作不分线上线下，每个人都必须时刻保持战斗状态。

在一天的“战地”总结小会上，同事们汇报的问题从原先的几十条已经降到了个位数，白天的汗水换取了这一改变，辛苦的付出有了可喜的回报，但现在还不是可以放松的时候，抗击新冠肺炎仍处于关键阶段，吴丽娟让大家丝毫不能懈怠。

车子稳稳停下，吴丽娟的思路被打断了。车门打开，看着自己疲惫的同事一个一个走下车，吴丽娟默默在心里复盘每一名同事今天的身体状况和精神状态。作为总务护士，要随时掌握同事的位置和状态。对来这里奋战的每一名战友做到心中有数。她拿起手机在群里询问：大家都回来了没有？有没有谁的身体不舒服？每个人都吃没吃饭？

护士许雪琴迟迟没有回复消息。吴丽娟有些着急了，她跑出房间，敲响了许雪琴的房门。许雪琴甩着手打开房门，看见焦急的吴丽娟，不好意思地笑了笑：“今天搬物资搬得浑身酸疼，躺在床上一下子就睡过去了，手机响了都没听见。”

吴丽娟松了一口气，温柔地对她说：“没事儿就好，身体不舒服也要及时告诉我。”许雪琴不好意思地点点头。吴丽娟叮嘱了几句，又快步走回房间。她早就习惯了这个步速，在病房里时间就是生命，现在，节省出一分钟的时间就能多休息一分钟。

拖着疲惫的身体回到房间，把交班会精神向同事们传达完毕，吴丽娟眼一闭就沉沉睡去。对她这个总务护士来说，一天的操劳总算结束。但当早晨六点的闹钟响起时，新的一天又开始了……

第三章

火神山的军礼

1

繁忙的一天又开始了，今天天气不错，通勤车停在一团和煦的阳光里，车门口跳下两个穿迷彩服的女孩。在火神山医院门口分别时，那个叫杨静静的高个子女孩对另外一个叫刘慧的女孩说道：别忘了，九点半准时给我打电话。

进入更衣室，一番操作结束后，刘慧进了病房护士站。九点半，电话准时打给杨静静，她兴奋地说：薛爷爷的核酸检测首次呈阴性，第二次今天上午就能出来结果。

按照正常情况，临出院患者首次核酸检测阴性，第二次应该也是阴性。尽管还需要等着二次核酸检测结果出来，但这已经是个好消息。杨静静想着马上就到病房，她开始穿第二层防护服和靴套，她着急进病房，把这个好消息告诉许奶奶。

自从2月3日来到火神山医院，杨静静就被分配在重症监护室，许奶奶是她的“老病人”之一。来火神山之前，杨静静有着十几年的重症护理经验，但在这里，每天最难的工作是给病人做心理护理，重症监护室的气氛非常压抑，病人情绪崩溃的绝望和痛哭时常发生。就像重症监护室的一位医生说的那样：“在这个地方，这个病最重要的治疗有两个药方，一个是科学，一个是心情。”

薛爷爷和许奶奶是老两口，一个八十多岁，一个七十五岁。他们已经结婚五十多年了，共有两个儿子和一个女儿，孩子们都有了自己的事业和家庭。这在别人眼中，就是一个幸福美满的家庭，薛爷爷和许奶奶也确实很轻松，心态也很乐观。

只是这次疫情却让薛爷爷原本阳光的心态有了阴霾。两位老人是同时从方舱医院转到火神山医院的，大半辈子的共同生活让许奶奶准确地感觉到了薛爷爷的焦虑，入院的时候，许奶奶主动握着薛爷爷的手，说：“老头子，我们都好好加油，一定要听医生的话，争取早点康复，我们比一比，看谁能先走出医院。”

转往火神山医院的路上，老两口还盘算着住在同一个病房里，这样能够彼此照顾，也不觉得太过落寞。但是，根据实际情况，薛爷爷的病情并没有那么严重，住进了普通病区；而许奶奶的身体较弱、病症明显，经常喘不上气来，被安排到了重症监护病区。这让本就压力不小的薛爷爷心情更加沉重了。

刘慧第一次见到薛爷爷的时候，就留意到了这个老人的特别。薛爷爷每天都会盯着病房的墙壁发呆，他的眉头紧锁着，心事很深。

“爷爷，您好啊。”因为戴着两层厚厚的口罩，每次轮值时，刘慧总要大声和薛爷爷打招呼他才能听见。薛爷爷只是点点头，他的目光并没有移动，依然盯着对面的墙壁。可不是吗，两位老人同在一个楼层，薛爷爷的病房在二楼的东侧，许奶奶的病房在二楼的西侧，越过薛爷爷面前的墙壁，一百米的距离就是许奶奶的病房，薛爷爷不由得“心在墙外”了。

刚入院时，薛爷爷有些暴躁，有一次刘慧去为他采血时，刚刚找到血管他就甩胳膊不干了。刘慧想劝他几句，薛爷爷上来就发了一通火：“天天抽血，天天抽血，血都被你们抽干了。”刘慧知道，他是在为许奶奶着急呢。

现在，刘慧或许是最后一次护理薛爷爷了。根据送检时间推算，再等一个小时，核酸检测结果就会出来，一旦继续呈阴性，那今天的工作，就是为薛爷爷收拾行李进行消毒了。在内走廊穿戴隔离衣时，轮班护士就说，薛爷爷已经等不及了，第二次采血之后，他就一直在整理自己的衣服。薛爷爷来的时候天气还冷着，儿女们为他准备了一包衣服，眼看要出院了，他有点一分钟也等不及了的感觉。

2

夏奶奶的病房里渐渐有了一些欢快的气氛，这对祖孙偶尔也会有一些开心的话题。但是，外婆的病情反反复复，护士长朱以芳叮嘱护士们一定要特别关注这对特殊的病人，看到阿念那么尽心尽力，那么认真，第二次轮值的时候，谢薇薇护士专门给阿念带来了一包零食，阿念觉得实在不好意思，就要推托，但谢薇薇丢下零食就跑开了。再后来，几乎所有的医护人员都给阿念带来了慰问品，都希望她的愿望能够早日实现，带着外婆离开火神山。

外婆需要做一次CT检查，阿念说送诊这个任务交给她来完成。在护士的陪同下，阿念带着外婆“走”出病房，完成了任务。虽然从病房到CT室的距离非常短，虽然阿念把轮椅推得很轻很轻，但对于非常虚弱的外婆而言，一次CT检查就像一场艰难的跋涉。来回推着外婆走在新修的水泥道上，阿念觉得这仿佛是二十多年前外婆拉着她的手走在公园的便道上。

在病房，最让阿念感动的是护士给外婆扎针的时候。外婆年龄大了血管就变得不清晰，再加上最近饮食不佳，让本就难以辨认的血管更加难找了。起雾的镜片和厚厚的手套让护士们不敢轻易下针，必须在反复试探找到老人的血管后才最终下针。

大家齐心的努力终于有了效果，外婆开始一点点吃东西了，也能喝一点水了。可是胃里的反应还是很强烈，吃进去没多久，都吐了出来，阿念总是笑着给外婆擦干净。每次喂外婆吃饭的时候，阿念都会和外婆挤在一张病床上，她想离外婆更近一点，不让外婆感觉到孤独。

每当外婆不想吃或饭量变小了，阿念就开始耍赖："再多吃点吧，再多喝点吧。"就像小时候外婆哄她一样，当外婆配合把饭吃完，她就竖起大拇指，"给你点赞。"外婆叹了口气，说了句"臭丫头"。

住在外婆旁边的大妈，看着在给外婆盖被子的阿念，说道："姑娘，你根本不该来的呀，我要是你的家人，我就不让你来。你外婆年龄大了，都八九十岁了。"每当听到这些的时候，阿念总是笑而不语。在照顾外婆的日子里，她觉得自己突然长大了，她要像小时候外婆照顾她一样照顾外婆。

3

把一天的例行工作完成后，吴丽娟又想起了+27床的老奶奶。她回到办公室拿上病房iPad后，便赶紧去了老奶奶的病区。

+27床的老奶奶背对着门口，她单薄的身影让人心疼。老奶奶没有牙齿了，有好几次，吴丽娟都去病房里给她送自己在超市买的熟透了的水果。

“奶奶。”吴丽娟绕到床前，试着轻轻唤了一声。奶奶转过身，神情依旧黯然，看着没有什么心情。

“奶奶，看您躺的姿势那么美，我还以为您睡着了呢。”吴丽娟一边故意逗笑奶奶，一边拿起床边的橘子，“我把今天的工作忙完了，过来陪陪您，您看我好不好呀？”

奶奶用手推着吴丽娟：“你是个好孩子，但我不能总耽误你们的时间，你们那么累，忙完就休息去吧，我不用你陪，赶紧回去休息。”

吴丽娟拿起一瓣橘子，趁着奶奶说话的当口，递到奶奶嘴边：“奶奶，您先吃了。我给您看样东西。”说着吴丽娟打开视频，“奶奶，您看这是今天出院的病人，有十八个呢。您看这位爷爷，他说以后生日就定今天，还说让孩子给他包红包呢。”奶奶看着视频里爷爷调皮的神情说道：“他多大年纪了？”

“奶奶，这位爷爷比您还大两岁呢。”吴丽娟一边说，一边观察着奶奶的神情。

“奶奶，您看旁边的这位奶奶和您同岁。您看他们今天都出院了。”

奶奶抬起头看着吴丽娟道：“今天出院的人这么多？”

“这是昨天下午出院的，这几天，武汉每天都有上千例病人出院，您现在病情平稳，只要好好配合医生，过不了几天也能和他们一样出院了。”

看着视频里和她年纪相仿的老人家和年轻人一样欢喜的场景，老奶奶干瘪的嘴巴不停地抖动，她有点激动地自言自语着：“真好，真好，他们都回家了，这些老姊妹们兄弟们，你们真好，都回家了……”

就像吴丽娟说的那样，全国的治愈患者越来越多。即便在火神山，这样的数字也是令人振奋的。根据汇总统计，火神山医院的治愈患者总数已经超过了一千例。

持续扩大的“战果”让所有医护人员都斗志昂扬，虽然每天都更疲劳了，但他们也感到更加自豪和幸福。

4

在七病区的一个病房里，王巧玲刚刚接收了一位九十七岁的老军人王爷爷。到目前为止，王爷爷应该是火神山医院收治的最年长患者。王爷爷入院时，院领导专门做了交代，这么高龄的肺炎病号，对患者本身来说是一场考验，对医护人员同样也是一场考验，一定要小心小心再小心。

当然，领导没说的，大家也从病历上看到了。王爷爷还有一个特殊身份——参加过抗日战争的老革命。

王巧玲第一次值班护理王爷爷，是他入院的第三天。在此之前，王巧玲就从微信群里看到了这个信息。在群里看信息时，王巧玲没有什么特别感觉，这次的新冠肺炎，老年人是“中招”最多的，一位九十七岁的老人家，情况很不好说。

在医院高干科护士长岗位上工作那么久，王巧玲应对各种病人已经非常熟练。但是，第一次去护理王爷爷这位据说身经百战的老兵时，她还是有点紧张了。

那天，在通往病房的路上，王巧玲脑海里闪过无数个身经百战、威风凛凛的军人形象。当然，这样的老革命也一定很严厉，王巧玲想，他会不会就背着手站在病房里等着训话呢。

一进入病房，王巧玲愣住了。王爷爷孤零零的一个人躺在床上，他的双眼微闭，眉宇间透露出一股虚弱，头发、眉毛和胡子都已经全白了，上下嘴唇微微颤抖着，被子已经被踹在了地上，氧气面罩也散落在一旁，床头的饭菜一动未动还在那儿放着。

看到这个场景，她顿时又担心又心疼。王巧玲迅速把王爷爷的被子捡起来，给他重新盖上，王爷爷这才睁了一下眼睛。因为面对一个革命老军人，王巧玲条件反射地“啪”一下立正站好，向着老人敬了个军礼。王爷爷马上又把眼睛闭上了，他没有说话，也没有任何表情。

王巧玲想帮他翻身舒展，查看他身下的压疮。王爷爷是从别的医院转过来的，转来时的病历上写着，老人背后有压疮。三天前，王爷爷刚入院时，护士长就在群里通报了这个信息，让每一名值班护士务必留意。

王巧玲刚把手放到王爷爷的腰下，他便用力扒开，坚决不让她看。王爷爷也不睁眼，一脸“倔强”的表情。王巧玲站起来，整理了一下床头柜上的物品，便向王爷爷做自我介绍：“老前辈，我也姓王，叫王巧玲，是部队医院的护士，也是名现役军人，您叫我小王就行。您老高寿了？听说您是参加过战争的老革命？”王爷爷皱着眉头，仍旧闭着双眼，一声不吭，任凭王巧玲“自言自语”，他似乎什么都没听见。

收拾完床头柜，王巧玲扭头一瞥床单，知道是怎么回事了。老爷爷身下的床单湿了，这个“老兵”原来是不想在她这个“新兵”面前“丢盔弃甲”。王巧玲用对讲机喊来了值班的男医生，不顾王爷爷的反对，坚持把湿床单换掉，又在他的压疮处涂了药。停了两分钟，药效上来了，压疮也不那么难受了，王爷爷终于缓解了表情，他的眉头也不那么皱着了，长长地舒了一口气。

5

得知外婆开始吃饭的消息后，整个病区的医护人员都很开心，大家精心准备了水果，专门过来看望。外婆告诉洪国耀医生说："我不吃，她非逼着我吃，我不吃，她就瞎哭。"听到外婆告状般的话语，阿念和医护人员们都开心地笑了。洪国耀说："老人家，您只要吃东西，就能够熬过去。您精神好起来了，能说这么多话，我们也很高兴哦。"

在这里，阿念看到了医护人员的繁忙与细心。除了每天要给病人做治疗外，他们还要照顾好每一个行动不便的病人，只要有百分之一的希望，他们就会尽百分之百的努力，就像之前照顾她的外婆一样，他们不抛弃不放弃。

那些日子里，看着医护人员们忙碌的身影，阿念觉得要为他们分担一些，便主动向卢武生主任学习了心电监护仪的使用方法。“这个仪器设置的是十五分钟测一次，如果你感觉血压值上了一百五、一百六。你可以再复测一下，如果到了一百七、一百八你就赶紧和我们说。” 卢武生主任前后教了她七八次，阿念才掌握了使用方法。这一幕幕，阿念永远无法忘记。

6

接下来的几次，每逢王巧玲值班，王爷爷都似乎要和她作对一般，被子总会出现在床下。后来问了轮值护士，大家说都一样，这个王爷爷躺在床上也像是在打仗，被子根本盖不住，然后就是谁也不搭理，坚决不吃饭、不说话。

不说话倒也行，不吃饭那可绝对不行。王巧玲查看了一下病例，王爷爷可能并不完全是思想问题，他的年纪太大，吞咽动作基本无法自己完成。转到火神山的这几天，王爷爷是有一些思想压力，他认为自己的病情严重了，所以直接拒绝吃饭。有一次护士给他喂药，连续几次都没有成功，看着护士们在床头转来转去想办法，王爷爷索性一把把胃管给拔了。后来，医护人员不得不在他睡着的时候，把饭菜和口服药捻成粉末，再装进注射器里“偷偷”给王爷爷喂进去。

总这样也不是办法，但轮班护士用尽了办法，王爷爷仍然是铁板一块。经验丰富的王巧玲决心要啃下这块“革命硬骨头”，她给自己鼓劲：不获胜利，决不收兵。

正面的突击冲锋一概不行，那就来个战术上的迂回包抄。王巧玲决定联系王爷爷的家人，争取他们的帮助。王巧玲仔细翻看了老爷子的入院信息，看到了王爷爷的籍贯是山东牟平，这就好办了，王巧玲和他是山东老乡，有了第一个共同的话题。再看家属联系人一栏里的电话，她心里有底了。

接电话的是老爷子的儿子，交谈中得知，他是某个训练基地的司令员。电话中，这位基地司令员介绍道，老爷子是一名抗战老兵，参加过上百次战斗，面对过无数次生死。因为在抗美援朝战场上受了伤，回国后就离开了野战部队，到一所空军学院当了教员。王爷爷共有八个子女，有三个都是现役军人。王爷爷对子女们自幼管教严厉，这次疫情，老爷子不幸“中招”，但是临去医院时，老爷子下了“死命令”，不允许任何人以任何形式给医院打招呼，不允许要特殊照顾。

在部队医院工作了那么多年，接触过无数离退休老红军、老八路，王巧玲早已熟悉了他们雷厉风行的性格。王巧玲知道，从那个年代走出的老军人，对党对国家都有着特殊的情结。对于这样的老革命，就要从革命事业的高度来做思想工作，或许才能对症治疗。

7

刘慧走进薛爷爷病房的时候，薛爷爷正在刮胡子，手里端着护士们给他带来的一个小镜子，左看看，右照照，生怕哪个位置没有整理到位。

“薛爷爷，等一会儿结果出来了，您就可以回家喽。”刘慧看着“臭美”的薛爷爷不禁笑了。薛爷爷满脸都是喜悦的笑容:“这得感谢你啊，闺女，这些天辛苦你了。”刘慧叮嘱薛爷爷要按时吃药，回家后还要继续做好隔离。薛爷爷说：“我这病号服可以脱了吧，一分钟也不想穿了。”

刘慧说：“先别着急，按照程序来嘛；再说了，武汉的天气越来越好了，变得暖和了。您看，墙外的樱花都开了，您那些棉衣穿不着啦。”

“一会儿就能出来结果了，现在的科学就是有手段，又准又及时。”薛爷爷的心思又折回到出院报告上了。

刘慧说：“那可不是，您东西都提前收拾好了，就差把衣服换上了，看您一顿臭美，是不是又在想许奶奶了？”

薛爷爷惊讶地看着刘慧，然后笑了起来，那意思好像是说，“正想着呢，你怎么知道？”

刘慧笑着说：“爷爷，您放心，今天去照顾许奶奶的是我的好朋友，咱们有啥事可以私聊哦。”

薛爷爷说：“那你有没有把这个消息告诉老太婆呢？唉，我是出去了，也不知老太婆怎么样了。”

刘慧说：“爷爷您不用太担心，我问战友了，许奶奶情况在重症监护室里是比较好的，能吃能喝，啥都不耽误。”薛爷爷一听高兴了：“真的？这样就好，这样就好。只是，我们一起来的，我没等她就要自己先出院了，老太婆会不会生气，不要我了呢？”

这句话把刘慧逗乐了：“你们俩谁先出去都是好事，她高兴着呢，怎么会生气呢？更不会不要你的，她昨天还托人打听你的情况呢。”

刘慧知道，薛爷爷这是自责呢。在疫情初期，许奶奶已经要求“老头子”没事不要外出了，但薛爷爷平时喜欢打麻将，根本没把许奶奶的话当回事。这不，打了一辈子麻将的薛爷爷就在麻将桌上“中了招”，结果回家以后还把老伴也传染了。

虽然发病之后许奶奶没说什么，但是薛爷爷每次想到这个，都觉得很对不起许奶奶，他自己生病没什么，还连累了老伴，这让薛爷爷的心理压力很大。

来到火神山医院之后，许奶奶因为身体不好，住进了重症监护室，想着重症监护室里那些插在身上的管子，薛爷爷的心里就像刀割一样难受。他每天都会自责，生怕老伴因为自己的过失而“离开”。

看到薛爷爷自责的表情，刘慧对他说：“爷爷，您别自责了，这次得病也不是您故意的，况且许奶奶也不会怪您的，您要好好治病，许奶奶很关心您的安危，您如果不能调整好心情，也会影响许奶奶的治疗的。到时候治不好病，您不是更要后悔了。”

薛爷爷想了想，问：“你说我的病好了，会不会再犯，我看电视的新闻里说，很多回去后检测的数值又转阳了？”

刘慧说：“这个一般不会再犯的，因为您体内已经有了抗体。新闻上确实说了，一些核酸检测数据呈阴性的病人出院后又很快‘转阳’，但是我觉得，您就放心吧薛爷爷，病毒在您身上已经死了。”

薛爷爷说：“既然是这样，我就啥也不怕了。你看，我到老太婆那里也不远，我能不能到她病房里去看看给她鼓励鼓励呢？以前在家，我俩常常吵架，这么久没见她了，没人和我吵架了，我还真想她了。”

刘慧看了看薛爷爷，两个人一起哈哈笑了起来。刘慧说：“绝对不能去别的病区，火神山医院的管理非常严格，这个想都不要想。”

薛爷爷又说：“等我出院后，我就站在外面等着，那能不能安排她出来做个CT检查呢，这样我就远远地看见她了，我不靠近她，也不说话，只要我能看见她，她也能看见我就行了。这样就不会有错误了吧？”

薛爷爷迫切的心愿让刘慧很着急也很无奈，医院的管理规定是“铁规”，她既不能违反，也无法违反，因为根本就进不去别的病区。她把薛爷爷的衣服包拿出来，对他说：“爷爷，等一会儿咱们拿到数据，马上就离开这里，现在我先去给您的衣服消毒，您来的时候，衣服上都有病毒的。”

薛爷爷没有心思回答刘慧，他还是希望能见上许奶奶一面。刘慧停了一下说：“您的想法我知道了，我和战友沟通一下，想想办法，看看怎么能让你们俩见一见。”

8

王爷爷刚入院时的“顽固”更能体现出“老革命”的特质，为了打赢这场“攻坚战”，王巧玲提前一天做了充分的战前准备。当又一次轮到她值班上岗时，王巧玲已是信心满满。

像往常一样，王巧玲进了病房之后，照例先帮王爷爷把被子盖好，收拾满地狼藉的病房。看着床头柜上原封未动的早餐和水果，她剥了一个橘子，掰成小瓣儿喂给老爷子：“老前辈，吃瓣橘子吧。”王爷爷闭着眼，没有理会。“老爷子，看看，是您吗？”她拿出手机，翻出那张准备好的老照片，给了王爷爷。王爷爷眼睛眯了条缝，瞄了一下。照片里的王爷爷三十岁左右，穿着志愿军的棉服，手握冲锋枪，气宇轩昂。

“你从哪儿弄来的？”王爷爷猛地睁大双眼，张口问道，浓浓的胶东口音，并不洪亮。“这个你不用管，我还知道这是你去朝鲜前拍的，先吃了这瓣橘子，我就告诉你。”“少来这套，我还不问了呢。”老爷子转过头，眼神故意避开王巧玲。

王爷爷总算说话了，这是个好的开头。“老前辈，我知道您是不想给国家和儿女添麻烦。您是共和国的功臣，把您照顾好是我们的光荣，更是组织交给我们的任务。您不能看着我这个小新兵完不成任务吧。”王爷爷迟疑了一下，想说些什么，可又憋了回去。

王巧玲绕过病床，走到王爷爷面前大声说道：“老前辈，您打败了小日本，推翻了蒋介石，还跨过鸭绿江抗美援朝，您这辈子是真够辉煌的，俺们当兵只能给病人打个针，唉……”

这个话立即激起王爷爷的反对：“打针怎么了？革命战士在哪里都是做贡献，在战场上要是没有医护人员，那伤亡得大一倍，好几倍！”

一看这招数奏效，王巧玲立即安抚有些激动的王爷爷：“老前辈您批评得对，我要加强思想认识。对了，咱俩是老乡呢，我也是胶东人。”

一听这个，王爷爷有些感慨，他说胶东他都好多年没回去了。王爷爷说，因为他年轻时参加了革命，他的家人都被敌人杀害了。王爷爷说着说着动了情，声音微微颤抖起来。王巧玲赶紧转移话题：“王爷爷，您儿子告诉我，在抗美援朝的一次战役中，您为了攻下对面山上的敌军阵地，带队打了十几个冲锋，多少战友都倒下了，您硬是拖着受伤的左腿，把咱们的红旗插在了阵地上。枪林弹雨都没把您打倒，您情愿让这小小的肺炎打倒，就这么窝窝囊囊地倒下？我听说，您常教导您的儿女：要死也要死在冲锋的路上！现在您是怎么了？您就不能再打一次冲锋，把肺炎这小小的山头攻下吗？现在您面前最大的敌人就是自己。配合治疗，早日康复就是组织交代给您的任务。我看这次您是要投降了！”

听到这里，王爷爷用力撑了一下胳膊，他想起来，王巧玲赶紧扶着让他躺好。王爷爷瞪大了双眼：“投降？我干了一辈子革命，我会投降？休想！要死也要死在冲锋的路上！”说完，王爷爷抢过王巧玲手中的橘子。王巧玲赶紧拦着他：“王爷爷，我给您打成糊糊放胃管吧。”王爷爷眉头一皱：“你们就不想让我的嘴巴尝尝啥味？！”说完，他把橘子瓣塞进嘴里，故意大口大口地嚼了起来。

那天，多日不说话的王爷爷一顿畅聊，王巧玲剥了三个橘子，王爷爷吃了三个橘子。王爷爷说：“小战友，你放心，我从今天起，一定端正态度好好吃饭。你说得对，这么多恶仗我都活过来了，还能被肺炎吓死？那八十年的党龄都不愿意！”

接连几天，值班的护士们都说王爷爷的情况越来越好，甚至可以不用胃管自己进食了，这让大家非常高兴。大家都盼望着有一天，九十七岁高龄的王爷爷走出火神山医院。很多患者一定会说，这么大年纪的老革命都能走出火神山，我们也能。

9

但就在王爷爷情况逐步好转的时候，夏奶奶的病情却每况愈下了。那几天，她的气喘越来越严重了，连一句完整的话也难以说完。医护人员们给她检查病情时，一直皱着眉头，阿念知道，外婆的病情很麻烦了。

夜晚，阿念睡不着时就去搂一下外婆，她的泪水打湿了外婆的病号服，她不停地喊着“家家”，害怕昏迷过去的外婆再也醒不过来。外婆比刚来时消瘦了很多，干枯的双手上一条条青黑色的血管清晰可见，就像是一棵盘根错节的枯树。外婆时而清醒，时而昏迷，外婆清醒的时候，会对着阿念笑笑，外婆笑得很柔弱，阿念感到特别心酸。

外婆的病情急剧恶化，医护人员们不得不把她转到重症监护室。外婆不在身边了，一个人坐在病床上的阿念越来越感到惴惴不安。

监护室里，护士们把高流量氧调到了最高极限，但外婆的缺氧状况似乎没有丝毫好转。强烈的窒息感是新冠肺炎的典型症状，守在跟前的医护人员也束手无策。尽管做了最大努力，后半夜时外婆还是走了，有一颗泪水顺着她的脸颊滑落，然后，她缓缓闭上了眼睛。

看着这位一直与病魔斗争的坚强老人，在场的医护人员们都流下了眼泪，他们对着外婆的遗体深深鞠躬……

阿念代表家人与医院签署了外婆的遗体捐献协议，或许这是与病魔斗争的另外一种伟大形式。在如此强大的病魔面前，生命似乎很脆弱，但也可以更坚强。

在空空的床铺上，阿念傻傻地坐着，她手里握着外婆留下的老花镜盒，望着窗外，耳边又响起那首熟悉的歌："我的小时候 / 吵闹任性的时候 / 我的外婆 / 总会唱歌哄我……原来外婆的道理早就唱给我听 / 下起雨 / 也要勇敢前进 / 我相信 / 一切都会平息 / 我现在 / 好想回家去……"

10

杨静静第一次护理许奶奶时，就被这个老太太微笑的样子吸引住了。每当看到护士们过来，许奶奶总是微笑地看着她们，她抿着的嘴角逐渐向两边扩散，就像是花朵逐渐开放。

许奶奶的肺部情况有点严重，护士们告诉她，一定要少说话，减少耗氧量。而许奶奶就会回答道：“闺女，我没事，我很快就会康复的。”住在重症监护室的病房里，大部分病人都心态不好，像许奶奶这样乐观的真是比较少见。

许奶奶的缺氧症状比较明显，一直是高流量吸氧，虽然她的病情一直在好转，但稍有活动就喘得厉害。许奶奶状态好的时候，爱和护士们说话。许奶奶说，和部队的伢子们在一起，她觉得就是自己的孩子，因为她的一个儿子就在部队，是名现役军人。许奶奶还向护士们讲了她的女儿，和火神山里的“白衣天使”一样，现在也在忙着和肺炎斗争。

这几天温度变化很大，昨晚在护理群里，护士长已经通知了今天温度升高，让大家注意减少衣服。杨静静平时就比较怕冷，来到武汉又赶上阴雨天较多和几次降温，所以她一直习惯于相信自己的直觉。这不，一早出发时，她仍旧穿着绒衣绒裤。现在套上防护服和隔离衣之后，立即有了特别的效果，身上就像是穿着一个“火炉”。尽管病房里的空调温度普遍已经降到了二十四摄氏度，可在经过走廊时，依然可以感受到房间内冲出来的热度。

轮到许奶奶病房的时候，杨静静故意绕开了她的床位，先给邻床病人换药。等从邻床病人那里走出来时，许奶奶果然着急了：“静静啊，今天怎么先把我绕开了呢？”

杨静静说：“奶奶别着急，你看，这就轮到你了。”许奶奶说：“我和你说啊静静，我昨晚做了个梦，梦里面，老家伙情况不太好，被抢救了……”

杨静静笑了起来：“奶奶，您这是唯心主义啊，看来您不是党员。”许奶奶有些着急，说：“静静啊，你怎么还笑了呢，我这都着急得冒火，不行，我躺不住，你得给我把后背垫起来。”重症监护室里的病号，许奶奶的情况属于比较好的，不仅神志清醒，还可以正常吃东西。

许奶奶说完就要扶着床把手坐起来，杨静静赶紧拿过来一个靠枕，垫在了许奶奶的身后："薛爷爷情况挺好的，我的战友刘慧在照顾他，您放心吧，我刚才问她了，说昨天情况挺好的。"

许奶奶一听又紧张了："你看看，我就说吧，昨天挺好的，我这梦可是昨天晚上才做的，你还是得再给我问问，要不然，我就不治疗了。"许奶奶故意装作严肃起来。

就在这时，对讲机响了，是调频后的刘慧呼叫杨静静："杨静静，杨静静，数据已回复，二次正常，二次正常。"

在火神山医院的各个病区，都有各自的固定频段，当需要和其他病区联系时，只要调到那个病区的频段就可以了。但这个谜语一样的通话把许奶奶弄蒙了，她直盯着杨静静，露出疑问的表情。

杨静静的心里已经有数了，那是她和刘慧的"密语暗号"：薛爷爷二次核酸检测结果为阴性。这就意味着，中午十二点以后，薛爷爷将坐上前来接他的救护车，永远离开火神山医院。

杨静静说："奶奶，我跟您说吧，今天肯定有好消息。来，先吃饭，吃药，等都吃完了，我就告诉您最新情况。"杨静静说完，就开始给许奶奶做治疗，然后喂饭、擦洗身体、更换尿湿的床单。当然，最重要的一件事放在最后，看着许奶奶那充满了期待和焦虑的眼神，杨静静忍不住哈哈笑了起来，然后才告诉许奶奶：薛爷爷今天就要出院了！

这个好消息让许奶奶激动起来。许奶奶的表情就像窗外晴朗朗的天气，她的声音也比之前高了不少：“静静啊，你应该一进门就告诉我，你看看，我晚高兴了好几分钟。”说完这句话，许奶奶突然安静下来，她像是自言自语，“你看，咱俩商量好了都要好好接受治疗，到底是你比我快，这个老头子，一辈子都要抢我的风头。”奶奶的话把走进来查房的两位医生也逗笑了，大家都为她高兴，说等她出去后，让老头子好好伺候着。

许奶奶停了笑声，突然很严肃地问了杨静静一句：“老头子离开医院之前，能不能让他过来，我们见一面，我们俩都好久没见了，从结婚都没有分别这么久过。”

许奶奶的话让杨静静既感动又发愁。从实际上来说，出院的病人体内已经有了抗体，进到病房里不会有事。但根据火神山医院管理规定，为了防止感染，不同病区的病人是严禁见面的。许奶奶的愿望真不知怎么办。

这时，许奶奶又说：“如果怕传染，不能到病房，那你推个轮椅，咱们在病人通道那里看一看行不行呢，老头子要出去了，我看看他，也算送送他。我不知道能不能出去，如果我出不去了，那我们这辈子也就见不到了。”

杨静静赶紧安慰许奶奶：“今天这么高兴的日子，咱不许说这样丧气的话，您还和爷爷有约定呢，比着谁先出去，您这不等于认输了吗？”

许奶奶不再说话了，她的眼泪顺着眼角流了下来。杨静静一边为她擦拭眼泪，一边想着许奶奶说的话。突然她想起每天下班回去要和孩子视频的事：视频通话就能见到了啊。杨静静高兴起来：“奶奶，我有办法，肯定让你们见到！”

但是，许奶奶的手机是“老爷机”，并不具备视频的功能。自己的手机又不能带进病区，时间又紧急，这让杨静静又失望起来。

11

就在杨静静忙着为许奶奶想办法视频的时候，另一个病区里，逐渐好转的王爷爷发生了意外。发生意外的时候，王巧玲正推着治疗车为病区护士发放药物。她当时还特意看了一眼王爷爷，王爷爷正戴着氧气面罩神情放松地看电视。王巧玲觉得很放心，就推着治疗车离开了。

大约过了二十几分钟，王巧玲推着治疗车刚刚从第三个病房出来时，一阵喊叫惊动了她："护士！护士！快来人啊！"报警器也同时响了起来，病房里的病人摁响了床头处的报警开关。

王巧玲和搭班护士许雪琴赶紧放下手里的工作，顺着声音狂奔过去，嘴里的哈气迅速弥漫在护目镜上，她仰着脸跑进病房，王爷爷躺在厕所门口。

是房间里的另外两个病人发现的，他们摁了报警器，并把王爷爷从厕所里面拖出来，刚拖到门口，护士们就进来了。王巧玲迅速检查了王爷爷的脉搏和呼吸，情况不妙，她赶紧用对讲机呼叫管床医生隋洪波和值班医生沈利。病房内的两个病人早已熟悉了医护人员们的抢救流程，他们帮着王巧玲撤掉床垫，并和王巧玲一起将王爷爷抬起来平躺着放在床铺的木板上。

管床的隋医生正好就在隔壁病房，他迅速赶过来，摸了摸王爷爷的颈动脉："做好准备，病人呼吸心跳骤停，需要立即抢救。"

嘟嘟的报警声传出，王巧玲和许雪琴很快连上了心电监护。隋医生一边对王爷爷执行胸外按压，一边对王巧玲和许雪琴下着指令："肾上腺素1mg静推，上球囊，联系气管插管，准备呼吸机！"

一连串的抢救动作忙而不乱，这样的场景不知早已演练了多少遍，但在感染病房里抢救病人，这还是第一次。王巧玲迟疑了一下："隋医生，咱们要在这里抢救吗？不用送到重症监护室？"

隋医生说："王爷爷年龄太大了，情况特殊，就地抢救，出了事我负责。他和我们一样都是军人，就按战地抢救执行吧！"

在火神山医院，病人一旦出现紧急情况时，医生一般都会送到重症监护室，重症监护室的设备齐全，更利于开展抢救。但不利的一点是，在送往重症监护室的过程中，总会耽误一些宝贵的时间，在心脏停止跳动的情况下，一秒钟也是宝贵的，为了抢在死神前面，隋医生决定自己完成……

王巧玲站在床头，为王爷爷压额举颌开放气道，检查气道畅通后，再用“EC手法”为他固定面罩。搭班护士拼命地抓握行球囊，尽可能多地提供辅助通气，这能让王爷爷的危急情况得到一些即时缓解。

在一所部队医院里，王巧玲在重症监护室当了十多年护士长，丰富的抢救经验这时候派上了用场。她甚至不用过多辨别抢救车，就知道什么东西应该放在什么位置，根据隋医生的口头医嘱，她迅疾地打开药箱，为王爷爷推注了一剂抢救药。

值班的沈利医生也带着呼吸机及时赶来，王巧玲推开抢救车，迅速将呼吸机管路连接好，沈利开动机器，开始检查呼吸机性能。

气管插管拿了进来，王巧玲让开位置，隋医生开始做准备，沈利主任在一旁配合着他。尽管有着丰富的经验，但一想到毕竟是九十七岁的老人，王巧玲还是有些紧张，手心出了大量的汗水。

但隋医生熟练的动作让她的紧张又稍微平复了一些，插管很成功，呼吸机开始带动病人呼吸，但王爷爷的心跳却迟迟没有恢复，隋医生指挥大家：轮流按压，别停下。

抢救到第五分钟，王爷爷的心电监护仪上出现了室颤波形，按照抢救程序，要立即为王爷爷实施除颤和继续心外按压。王巧玲接通除颤仪，迅速将数值调到200焦耳，隋医生站在王爷爷床铺跟前，他将双手上的电极板分别放在王爷爷的心尖部位和右锁骨下方，贴紧皮肤，然后喊着："放电！"提醒大家闪开床铺以防触电。连续几次之后，心电监护仪上终于出现规律的窦性波形，王爷爷的心跳恢复了。

隋医生看了看仪表，王爷爷的血压太低，他让王巧玲进行快速补液，并继续使用去甲肾上腺素维持循环。由于前期建立的外周静脉通路血管较细，难以满足治疗需要，隋医生又在王爷爷锁骨下进行静脉置管。

幸好在日常护理时每个病人都配有微量泵，再加上护士们的熟练技术，输注很快完成了。看着病人的血压在药物的作用下逐渐回升，大家这才松了一口气。

持续将近四十分钟的抢救，耗光了所有人的体力。王巧玲的衣服早已经湿透了，胳膊和背部由于长时间的胸外按压而酸疼不止，虽然有着十几年的重症工作经历，见多了生离死别的场景，但是每每这个时刻，王巧玲都会惊出一身冷汗，害怕生命就此消失。

看着悠悠转醒的王爷爷，王巧玲缓缓地舒了一口气：总算是把这个老兵救了回来，我这个小兵也算是不辱使命。

12

每次抢救患者都要使用大量医用耗材，及时清理这些危险医疗垃圾成了董红娜和洗消小组战友们接下来的重中之重。他们在清洁区、缓冲区和污染区来回穿梭，不仅要反复增减防护服，更要有高能的体力。

在王爷爷的病房里，与董红娜搭班的战士方远鹏提着黄色的垃圾袋，动作麻利地把垃圾归类。方远鹏的部队驻地在桂林，在部队，他是一名卫生员，这次支援火神山医院，方远鹏写了血书要上“战场”。在火神山，他很庆幸，跟着业务精湛、经验丰富的董红娜，他学到了很多防护知识。

由于工作越来越熟练，很快他就走到了前面。董红娜上前一步，轻轻拍了拍方远鹏的肩膀，用手掌向下慢慢压了压，示意他慢一点。方远鹏站起身的时候，护目镜上浮起一层水雾。稍作休整，他马上就理解了董红娜为什么首先强调动作要慢。

在这里的医护人员都是分秒必争，但是他们不行。穿着厚厚的防护服，人一行动就很容易出汗，防护服里热气蒸腾，加上人动作越快，呼吸就越快，产生的热气就越多，热气在防护服里出不去，唯一的出口就是护目镜；如果动作太快，护目镜就容易起雾，随之而来的问题是视野范围的缩小，垃圾清理得不细致。

在红区，他们的洗消工作多一分细致，战友就多一分安全。反之，视线不清晰会导致一些角角落落看不清楚，清洁不到位，这就会给医护人员的安全留下一分隐患。所以，他们这项工作绝对不能求速度，反而应该尽量慢，再保证质量。

接下来，方远鹏的动作慢多了。他轻轻拿起垃圾，慢慢放进袋子里，再轻柔地收拢袋子，把垃圾打包。这一系列动作和周围快节奏的其他医护人员形成了鲜明的对比。方远鹏“慢悠悠”按部就班地把垃圾打包之后，动作更加小心。

董红娜叮嘱过，垃圾打包的时候更要注意，动作幅度不能太大，否则垃圾易产生气溶胶。方远鹏成功地把手里的黄色垃圾袋变成一个个“小黄包”，之后更加小心翼翼地为它们封口扎带，给它们打上一个可爱的鹅颈结，再交给董红娜转运。

转运的拖车被亲切地称为“小蓝”，是董红娜的得力助手。

方远鹏把收纳好的“小黄包”有序地摆放在“小蓝”上，每次都满满的一车打包拉走。在运输途中，尽管装满了垃圾的“小蓝”很重，董红娜还是尽量轻步缓行，脚步做到最轻，步幅比平时要小很多。整个过程中她看起来小心翼翼的，一是怕车轱辘声太大吵着休息的病人；二是防止“小黄包”掉落影响后面的清洁进度。

就这样一趟又一趟，清洁工作有序又缓慢地进行着。在护目镜下，两双鹰一样的眼睛，不放过任何一处角落。两个眼神犀利、动作轻柔的“哨兵”，一举一动都是在保证给病人和医护人员一个干净、舒服、整洁、安全的环境。

在综合科清理完垃圾正要出来时，那个18床的阿姨再次叫住了她：“大白。”

董红娜听到这位阿姨也这么称呼她，不禁笑了出来。阿姨嗓门高了不少：“哎呀，那天我管你们叫清洁工，现在准备出院了，还不知道你们叫什么呢。快告诉我，我得知道你们都叫什么。”

董红娜笑了笑道：“阿姨，我们就叫洗消员。”说完就继续工作了。在防护服里，董红娜的眼睛有些湿润，每一名出院的病人都是一个接近胜利的讯号，这些天医护人员的辛苦没有白白付出。这眼泪是替阿姨高兴的眼泪。防护服之下又多了一个秘密，她用继续工作掩饰内心的激动。

病房里那个把他们叫作大白的小孩子，依然眼睛亮亮地望着他们。什么时候这双明亮的眼睛能走出病房去看蓝蓝的天，白白的云，能放声在阳光下笑啊。董红娜心里默默期盼着。

13

在另一个病区一间病房内，正在值班的护士廖君辉遇到了一些“麻烦”，她遇到了一个更为特殊的病人，也是一位老奶奶，大家都喊她郑奶奶。入院三天了，这位老奶奶还一句话没“说”过。

在火神山，很多年纪大的病人住进病房的时候都有些情绪低落，想来这位奶奶可能也是这种情况。上一个班护士交班的时候交代过奶奶的情况，说老奶奶是位聋哑人。聋哑病人廖君辉倒是接触过，基本的动作都能明白意思，但这位老奶奶有点麻烦，无论对她做什么动作怎么比画，她都沉默不语。

“奶奶，您怎么又不吃饭啊？您现在感觉怎么样啊？哪里不舒服？”廖君辉还是要这样一遍遍地说，希望老奶奶能懂她的意思。

没有回应。病床上奶奶的神情有些黯然，只是眼睛不动地盯着护士廖君辉。

廖君辉有些着急了，不和医护人员交流怎么能第一时间准确地表达病症呢：“奶奶，您哪里不舒服要和我们讲，我们才好照顾您啊。”

郑奶奶扭过头看着廖君辉贴近自己的身体，反手把廖君辉向后推了推。这个举动让廖君辉诧异了。接下来奶奶的手在被子外艰难地比画起来。

廖君辉看着眼前的一切明白了，郑奶奶根本听不见自己的声音，隔着防护服，也看不见廖君辉的口型。

廖君辉用对讲机呼来了值班的吕镗烽医生，吕医生看了看，试探地说：“你把笔和纸给郑奶奶，看她那能不能用笔交流呢？”

廖君辉一听这是个好办法，她从治疗车上把笔和纸本拿出来，写了一行字：哪里不舒服。为了能让奶奶看清楚，她把每个字都写得很大。

奶奶看着廖君辉递过来的纸，摇了摇手。

难道是看不清？廖君辉转过纸打算减少两个字再写大一点。

奶奶伸出手拉住了她，确定廖君辉把视线转给自己的时候奶奶指了指廖君辉手里的纸，摇了摇手。

不认识？廖君辉明白了奶奶的意思。奶奶不识字。这下有点麻烦了，奶奶没办法说话，又不识字，没办法知道奶奶的需求。

奶奶一直看着廖君辉，确定廖君辉明白了自己的意思，奶奶把手放回被子里，神情又黯淡了下去。没办法表达自己的病状，加上对疾病的恐慌，奶奶的情绪有些低落。

廖君辉抱着笔和本在奶奶病床旁边站了几秒，伸出手在奶奶身上安慰地拍了拍。吕医生说，郑奶奶入院这几天，医生们也只能靠一些检查数据判断奶奶的病情。

看着奶奶难过的神情，护士廖君辉心里十分着急，不能和奶奶交流，日常查房就变得困难了许多。

根据检测的数据来看，奶奶的情况暂时还算稳定，但是这次的病本来就变化多端，奶奶年纪大了，不能耽搁。

尽管之前的护士们都反映了这个问题，但廖君辉还是用对讲机通知了护士长和病区主任：病房的聋哑病人郑奶奶，需要一位懂手语的人帮助交流。护士长迅速把这个情况上报到了医院机关，希望得到帮助。

前线医护人员的需求就是命令，但是在如此紧张的情形下，一时间要立刻找到一位手语翻译谈何容易。

14

杨静静还是为许奶奶找到了“见面”的办法，手机不行，还有iPad呢。在火神山医院，病区被分为“红”“黄”“绿”三种颜色，分别代表污染区、缓冲区、清洁区。许奶奶所在的病房就属于“红区”，这是感染风险最高的地方，平时的要求也是最严的。为了防止感染，个人的东西绝对不能带进“红区”，“红区”的东西也绝对不能带出，至于和家人见面，那是想也不用想的事。

为了方便医护人员之间的沟通交流，医院为每个病房都专门配备了iPad。一线医生和二线医生常用的交流方式就是iPad，二线医生平时在清洁区备班，不能进入“红区”直接观察病人，iPad就是他们了解病人病情的窗口。患者的生命体征、各类仪器的参数、血气分析的结果等都可以通过iPad拍照然后及时分享到医护人员的微信群中，便于所有的医护人员对全科的病人及病情有一个基本的了解，方便大家平时工作。

杨静静赶紧把对讲机调频，呼叫到刘慧之后，杨静静为自己的视频方案无比高兴。刘慧说薛爷爷着急得不行，于是两人立即用iPad接通了微信。这时候许奶奶出了意外，她使劲向后一躺，声音急促地说：赶紧挂掉赶紧挂掉。

杨静静说了句“不好”，就把iPad挂掉，赶紧趴到许奶奶身边查看，但许奶奶喘了几口后，并无大碍。看着杨静静疑惑的神情，许奶奶红着脸小声说：哪能这样就看，那不得打扮打扮啊。

一句话把杨静静笑得肚子疼，这个许奶奶，七十五岁了，居然和小姑娘一样。但是想想也对，薛爷爷八十多岁，许奶奶七十五岁，他们年龄差了好几岁，又整天形影不离，那薛爷爷是得多宠着她啊。许奶奶现在是年纪大了，但在薛爷爷那里，她还是他的小姑娘啊。

杨静静感慨这对患难一生的老两口，在那些闪婚离婚如同儿戏的人眼里，这是多好的精神楷模。一边为许奶奶梳理头发整理衣服，杨静静一边羡慕着这“老太婆”天大的福气。

薛爷爷的病房里，老人被视频那一段的“突发情况”吓出一身汗来。刘慧的对讲机呼啦啦响，一个劲呼叫着杨静静。杨静静告诉刘慧稍等一会儿，说许奶奶好着呢，现在需要先去一趟“美容院”。杨静静的回复把刘慧也给弄蒙了，知道许奶奶没事也就放心了，她和薛爷爷就那样站着等着。

大约五分钟后，许奶奶梳妆完毕，杨静静端详了一下，许奶奶问她：“感觉怎么样？”杨静静忍不住又笑：“可别说，这一番收拾之后，能看到五十年前的底子，奶奶您还真是个俊俏媳妇呢。”

就在这时，刘慧又在对讲机里催促起来：“出院工作准备完毕了，薛爷爷就要离开医院了，他很着急要和许奶奶视频，你那边怎么回事，怎么回事？”

杨静静回复了刘慧后，又把许奶奶背后的靠枕调整了一下，让她半躺着，这样更舒服，新冠肺炎最大的症状就是呼吸困难，这样半躺着是比较节省体力和耗氧的办法。

杨静静先给奶奶喂了几口水：“奶奶，润润嗓子可以多聊一会儿，说话别太快，慢慢说，今天主要是个小序幕，等您也出院了，和爷爷可以没日没夜地说。”许奶奶乐得合不拢嘴，她说：“对，不着急，慢慢说，慢慢说。”

视频接通了，映入眼帘的是薛爷爷开心的笑容，掉了大半的牙齿让薛爷爷的笑容生动且可爱。出乎杨静静意料的是，视频接通后，薛爷爷和许奶奶两个人都没有说话，他们就这么静静地对望着、微笑着。或许正如书上写的那样，此刻的沉默远胜过千言万语。窗外和煦的阳光照射进来，给病房洒满了星星点点的温暖。

好像过了二十秒钟，又好像过了一个世纪那么长，薛爷爷说道：“老婆子，我的病已经好了，医生说我可以出院了，我就先回家了。你在这里要听医生的话，要多吃饭，按时吃药，配合治疗，争取早点出院。你一定要开开心心地乐观面对病情，我在家等你回来。”许奶奶叮嘱着说道：“你也要多吃饭，好好照顾自己，病刚好，不要出门，要按时吃药。”两位老人左一句右一句地说着，说的都是关心彼此的话。

在场的医护人员们都被这两位老人感动了，大家都走到许奶奶身后，和那位幸福的爷爷打着招呼。许奶奶开心得不得了，她张着嘴巴，一个劲地笑。薛爷爷说着方言，许奶奶则用普通话，她既是回应着薛爷爷，也是回应着医护人员每天的叮嘱：“我一定好好吃饭，好好吃药，一定会，一定会，争取早点出院，回家我给你做好吃的，你最爱吃的红烧肉、猪蹄子炖黄豆。”

这可能就是患者们最好的良药吧，一同奋斗的“战友”战胜了“敌人”，是他们心中最大的鼓舞。病情并不可怕，只要充满了斗志，就一定能战胜它。

杨静静看着不停秀着“恩爱”的两位老人，感觉心里无比踏实，她又增加了一个可以劝说其他病人的例子。每当杨静静遇到了那些心情不好、信心不足的病人时，这也是她常用的办法，也是医护人员们常用的办法，在肺炎疫苗没有问世、没有特效药的当下，这或许是大家共同的精神食粮和医心良药。

15

五科的病房里，薛爷爷的出院审批已经完成了。刘慧帮他换好了衣服，又拿着他的手机和其他个人物品去处理消毒。薛爷爷一分钟也坐不住了，他又怕打扰其他病人，就自己走到走廊里转来转去。

刘慧帮薛爷爷把所有物品都做了消毒，然后帮他整整齐齐摆在床头柜子上。薛爷爷拿起手机，把刘慧的电话存了上去。薛爷爷说："如果以后来武汉，一定记得还有这样一位老人，你可以带着家人过来做客，我们一定要喝点酒，说说肺炎，说说这段到死也忘不了的日子。"

打完视频以后的许奶奶明显不一样了，病情似乎都因此减轻了几分，她一边竖起大拇指，一边激动地对杨静静说："谢谢你，静静，谢谢你让我见了老头子一面，你看老头子那得意的样子，娶了我，他一辈子都这样得意，我就愿意他得意，他得意我也就好了，我的病很快就好了。”

正式的出院通知终于下达了，薛爷爷迫不及待地把病号服甩在了床上。病友们一一向他道贺，薛爷爷满脸堆着幸福。

“薛爷爷，这洗发水和擦脸油我给您消毒了带回去？”刘慧边收拾行李边问道。

“不不不，我得把它们留下，送给咱们‘大明星’。这可是宝贝，能带给他信心和好运。”薛爷爷接过这瓶海飞丝洗发水和大宝护肤霜，走到了一位中年病友跟前。

这位中年病友姓万，也是火神山医院收治的首批患者，薛爷爷口中的“大明星”。今年四十五岁的万先生是病房里出了名的“网红”，入院第一天，他就把短视频发到网上，晒出了自己的病号饭。他说：“说实话，吃不完。”

万先生阳光、热情、乐观，大家都叫他“小伙子”，万先生却可爱地比出一个“四”字说：“我四十五岁了！”医生们纷纷惊叹：“你咋这么年轻，我觉得你才二十五岁！”他一直通过自媒体向网友介绍自己在病区里的日常和感受，关注度一直很高，鼓励着很多入院的患者，也让更多的人了解了火神山医院的情况。

刚进院时万先生呼吸很困难，必须要吸氧，说话还很喘，经过一段时间救治，他的病情渐渐平稳。热心肠的万先生在身体条件允许时，尽可能地帮助医护人员照顾年纪较大、病情较重的病友，薛爷爷就是他的重点“帮扶”对象，在老爷子最艰难的那段时间，他时常帮老人打开水、扶他起床，医护人员称赞万先生是病房里的“志愿护士”。

“大明星啊，我这就要走了，等你出院，咱们外面见吧。”

正躺在病床上输液的万先生连忙起身：“老爷子，祝贺你，要不是挂着吊瓶，我肯定给你送到大门口去。”

“你不要动，躺下好好输液。小刘把行李都帮我收拾好了，一会儿医院有车送我回去。这瓶洗发水和擦脸油还没用完，留给你吧。你是‘大明星’，得好好打扮自己，多给咱们病友录点视频，让咱全国人民都看见咱们在病房里的幸福，让咱全国人民都放心。”薛爷爷边说着边把东西放到万先生的床边。

“老爷子啊，这事您放心，一准让您在家也能看到咱这些病友。”万先生开玩笑说道。

“这可不是普通的洗发水和擦脸油，这是能出院的吉祥物，能带给你好运，祝你早日康复。等你出院了到我家来，给你尝尝我藏了三十年的老酒。”

病房里的另一个病友是七十多岁的尹爷爷。尹爷爷身体弱，又患有基础病，治疗起来难度不小。入院这些天，两位老人成了无话不谈的好友。

薛爷爷鼓励尹爷爷快点好起来："老哥哥，我马上就要出院回家了，你也要快点，不是说好了要我到你们家去做客的吗？咱们还得好好活着呢！"

尹爷爷握着薛爷爷的双手，说道："好好活，好好活。"看着这两位头发花白的耄耋老人，满脸都是笑容，刘慧感到自己再多的付出都是值得的。

在走廊里，薛爷爷偶遇到正在查房的隋洪波医生，看到薛爷爷走了过来，隋医生赶忙迎上去："老爷子，恭喜您，大获全胜，康复出院，一会儿我们送您出去。"

薛爷爷连连感谢："谢谢你们啊，是你们这些医护人员救了我这老头子，是你让我又活了一回。"

隋医生也高兴地说："这是我们应该做的。咱们不都约定好了吗，您说出院了给我们做莲藕排骨汤，武汉的特产。等这次疫情过去，我们可要去你那儿'探亲'啊！"

满是水雾的护目镜遮住了隋医生的双眼，但站在一旁的刘慧却仍能感觉到他此时的喜悦和开心。

慢慢地，走廊里的人多了起来，其他出院的患者也三三两两地走出了病房。患者中间还有很多医护人员，有的帮忙拿行李，有的叮嘱着什么，大家有说有笑。

他们互相祝福着，互相鼓励着，互相挥着手，缓缓地说着再见。临走前，每个人都来一个隔空拥抱，这是火神山医院里的特殊送别礼。

刘慧帮薛爷爷拎着行李。薛爷爷跟在病区主任杨医生的后面，他们向着出院通道走去，每一步都走得那么踏实。所有的值班护士和医生们都出来向这位幸福的老人告别，在火神山，每一位出院病人，大家都是这样送别的。

出院的人群里，有一个小女孩，她一直跟着李红霞学习呼吸操，身体恢复得很快。她正在和参与送别出院患者的李红霞阿姨开心地聊着，她们俩加了微信，说以后一定会再联系。那个小女孩说："阿姨，真想看看您长什么样子，您的眼睛很美丽，心也美丽，人肯定更美丽，我们出院了，您也要注意防护好啊。"那个小女孩说着，拿起手机拍了一张李红霞的照片。3月4日下午，对李红霞来说是一个非常开心的时刻。那个可爱病患小女孩，离开火神山出院了。

那些感恩的话语是留给全体医护工作人员的。那个可爱的女孩转身登上了前来迎接的中巴，浑身充满了朝气，李红霞一边冲她挥着手，一边激动得泪水打湿眼眶，她的心里热乎乎的。抬头看看明媚的蓝天，她把幸福的眼泪慢慢逼回去，戴着护目镜，不能流眼泪。

送别薛爷爷，一天忙碌的工作也就结束了，杨静静一边脱掉厚厚的防护用品，一边舒展着自己疲惫的身体。洗完澡换了衣服，杨静静在通勤车上等着刘慧，今天的开心属于薛爷爷和许奶奶，今天的开心也属于她和刘慧。司机师傅说，武汉的早樱开了，应该去看看。杨静静说，会的，这场“战斗”很快就结束了，到时候一定要去看看。

16

送走了那个可爱的小女孩，李红霞回到病区继续查房。昨天入院了十多个新病人，李红霞要一一看望，了解他们的状况。

病区新入院的两个患者余大姐和刘婆婆总体情况较好，适合做肺功能锻炼，李红霞挨个病房给她们讲解呼吸操的做法，怎样吸气，怎样呼气，怎样做才能提高肺泡通气量。因为戴着厚厚的两层口罩，本身就有些憋气，一遍教下来，李红霞感觉自己也开始气短了，气喘吁吁。

“来，深吸一口气，我们再来一遍。我发现，大家的学习能力都非常强，都十分渴望能够得到行之有效的呼吸锻炼，早日恢复健康。大家学得非常认真，要领教个两三遍就掌握了，大家一定要坚持每天做做呼吸操。”

教完后，余大姐和刘婆婆不住地对李红霞作揖拜谢，连连说："我给你们、给国家添乱了，你们这么忙，这么辛苦还要照顾我们，实在不好意思，太感谢你们了！实在太谢谢了！"这一顿夸，把李红霞说得脸都红了："我没做什么，只不过是用自己的专业知识做了点小事，只有你们自己加倍努力，才能不辜负所有家人的等待和期盼！"临走时，李红霞让余大姐添加了她的微信号码，这样，即便下班回到住处，也可以督促大姐和婆婆，更好地指导她们进行康复训练。

进入到火神山医院以来，护理工作越来越顺，越来越好，工作的重心由前期的紧张筹备收治患者，转入到落实患者的基础和专科护理、专业照护，整体来说，护理品质提升了不少。

从病区出来，李红霞心里还有一件事，她打算再去看看那位入院十多天的老大爷。十几天前，大爷那晚刚入院，病区护士长发现大爷骶尾部皮肤的异样，给李红霞打来求助电话，当时是晚上，病区清洁区没有人，若是护士们从病区内换衣服出来再去拿药，又要浪费一套防护服。李红霞急急忙忙从护理部办公室飞奔向仓库，为大爷领取了保护皮肤的敷料，所以对大爷的情况记忆犹新。

老大爷八十七岁了，年纪大了，入院前一直住在老年公寓。大爷非常可爱，有时思路清晰，有时犯点糊涂，经常把吸氧管拔了，为这，护士长没少做大爷的工作。因为大爷的基础病多，屁股上有失禁性皮炎，所以护理人员们去看望大爷的次数就格外多些，照顾大爷也就格外尽心。为了防止大爷的皮肤压出压疮，护理人员们专门为大爷建立了翻身卡。

李红霞进入病房的时候，大爷躺在床上发愣。大爷的耳朵有点背，跟他交流，得靠得近一点，李红霞趴在大爷耳朵边上，让他翻身给看看屁股上的皮肤情况。大爷今天十分配合，高声说：“好！”

大爷原来皮炎的面积缩小了很多，皮肤完好，没有压红，这是一个好现象。李红霞心里十分高兴，临走前他对大爷说：“大爷，您现在的情况越来越好，比以前好很多啦！”

大爷看着李红霞和病区护士长，他今天非常争气，一点也不糊涂：“是在你们的照料下，越来越好……”霎时，李红霞觉得心里满满的都是温暖。对于医护人员来说，苦点累点不怕，最重要的是，付出的努力得到了病人的肯定。

这时，另一个病区的护士长在对讲机里呼叫李红霞：“李助理，今天咱们收了一个糖尿病的新冠肺炎患者，自带的胰岛素用完了，科室没有备用药，血糖仪也没领回来，这可咋办？”

这时，外面的天色已经黑了下来，护士长还在对讲机里焦急地等待：“咋办？万一因血糖过高影响到患者病情咋办？我们需要胰岛素和血糖仪。”

李红霞问了问患者本人现在什么情况，护士长的回答让她哭笑不得："患者本人感觉无所谓，说缺一晚没有啥，说他经常忘了打针，可我担心啊，万一有个闪失怎么办……"

听完情况，李红霞斩钉截铁地告诉护士长："护士长，你别急，等我，我马上去仓库协调，再晚也把药和血糖仪给你领回来！"

从病区出来，李红霞从柜子里翻出手机，刚通过大姐的好友申请，就收到了大姐的问候："辛苦你了，早点休息。"看到这温暖的话语，再怎么累也值得！余大姐发来一段视频，是李红霞教刘婆婆做呼吸操的时候录的。看了看大姐对护埋人员充满肯定、充满感激的朋友圈，她再次握紧拳头，唯有继续努力、继续加油，才能不负人民对医护工作者的信任和尊敬！

茫茫夜色里，路灯也像是在偷懒，打着盹儿，若明若暗地照着李红霞去仓库的小路，她的心里十分着急，三步并作两步就像要飞，眼看着就要到库房了，一个趔趄，她被绊倒了。搓着疼痛难忍的膝盖，李红霞爬起来一看，原来是施工的电线横穿在路面上，离地半尺来高，不注意，还真是看不出来。李红霞也顾不上疼了，拍了拍衣服上的泥土，她又向库房奔跑过去。

把血糖仪和胰岛素顺利送到病区后，已经晚上十点多了。李红霞赶紧坐上十点半的返回班车，那个时候，和她同班次的同事已经回到宿舍休息了。

回到宿舍，膝盖的疼痛还在肆虐着李红霞的神经，她慢慢地坐到床铺上，轻轻地挽起裤管，一大块瘀青被重重地刻在了那里。一边擦着药膏，一边回味着一天的工作，虽然膝盖很疼，可是心里很满足。大概这块瘀青，就是一枚闪闪发光的“奖章”，印证着她的责任与担当，是对她的“回报与奖赏”吧！

躺在床上，李红霞许久无法入睡，夜深了，微信工作群里闪了一下，她马上打开一看，是条好消息：习主席要来火神山医院看望大家。

这会儿是彻底无法入眠了，李红霞给手机调整了闹钟，比往常早了一个小时，她要做好提前量，打起十二分精神，这将是不同寻常的一天，也将是繁忙而有意义的一天。她站在窗口远远地眺望着火神山的方向，突然记不起已经这样度过多少个日日夜夜了……

17

这天回到住处，董红娜的桌子上静静地躺着一封粉红色的信笺，打开一看，她忍不住湿了眼眶。信是18床的阿姨写来的：

我们是一群辗转了两家医院，第三站才来到火神山的患者。在火神山医院，我们看到了军人的不同，真切感受到军人的觉悟真是没说的。在危难时刻军人选择的不是避险，完全没有把我们当作冠状病毒患者，你们服务的七区二科病区总是整洁干净，室内室外垃圾及时回收。就连外走廊都清扫得干干净净，及时擦洗消毒。看到你们的服务，我们真切地感到不是亲人胜似亲人。是你们不畏生死的服务，换来了我们战胜病魔的信心。是你们军人的精气神影响着我们，我们一定会早日康复，学习你们为国奉献，回报社会！

一位新冠肺炎患者

董红娜看着手里的信，一天的疲惫仿佛都消融在这张粉红色的信笺里。在病区，她和战友们是护士，是感控员，是洗消员，还是清洁工和维修工……还是孩子眼里的大白，是保护整个病区的超人。在病人有需要的时候，他们在防护服下扮演着不同的角色。每一个角色都在竭尽全力帮助病人战胜病毒，早日康复，回归正常生活。每一个角色、每一个身份都值得自豪。这些身份背后，董红娜他们有一个共同的名字——中国人民解放军军人！这是他们最自豪的名字。

手里粉红色的信笺沉甸甸的，装满了欣慰；忽而又变得轻飘飘的，就像那天边艳粉色的晚霞……

18

总算把王爷爷抢救过来了，但那惊心动魄的场面让王巧玲直到下班回到驻地时还有点激动不已。回到驻地，王巧玲直接是瘫在床上的，因为过度疲劳的身体又交织着极度兴奋的情绪，王巧玲躺在床上竟无法睡眠。她翻开了手机，接班的护士给她留言说，王爷爷的状态越来越好了，这让她特别开心。

第二天轮值时，王巧玲提前半个多小时就进了病房。她进去的时候，隋医生刚刚为王爷爷完成了一些治疗，因为恢复的情况比较好，王爷爷的胃管插管也撤掉了，这让他看起来也健康了很多。看到王巧玲站在眼前，王爷爷使劲点着头，他的脸涨得很红，似乎想要说话。

隋医生觉得昨天的情况，有值班护士粗心大意的原因，就委婉地批评了王巧玲几句，说她们查看王爷爷的氧气面罩不及时不严格。根据经验，王爷爷出现这种情况，一般是氧气面罩没有戴好，再加上上厕所的短暂去氧罩过程，肺部骤然缺氧导致了这种情况。

看着委屈的护士们，王爷爷嘴里发出“呜呜”的声音。隋医生告诉他不要激动，这样也会增加耗氧量。王爷爷指了指王巧玲上衣口袋里的圆珠笔，表示他要写字。

王巧玲把笔和本递给王爷爷，他躺在那里，用歪歪扭扭的字迹写道：谢谢你们，又给了我一条命，这条命以前没被敌人拿去，现在有你们在，估计肺炎也拿不去，我都不敢相信，我现在还能活着……不要批评护士，她们很负责，我嫌闷，她们看不到的时候我偷偷拿掉，这是我的错。

王爷爷的诚实，让大家哭笑不得。竟是这个“小动作”，差点要了王爷爷的命。借着这个稍微欢快的气氛，王巧玲可要好好地“批评”王爷爷了：“您是老军人老革命，更应该遵守纪律，大小便就在床上，我们没有人嫌弃，您也不要觉得给我们添麻烦，我们都是军人，都是全力为人民服务的，您为人民流过血，我们这些年轻的晚辈，还不能给您接屎尿吗？”

王巧玲的一番“批评”，让王爷爷有点不好意思，他用微弱的声音解释道，由于头一天吃的东西有点干，他这次上厕所的时间比较长。王爷爷说他有点幽闭恐惧症，卫生间憋闷的环境也让他有些不适，在马桶上蹲了一会儿，渐渐感觉脑袋有些发晕，有些喘不上气来。但王爷爷是个“倔脾气”，他不想麻烦邻床病号来扶他，他想坚持着自己走回病床，但不知不觉间就失去了知觉，晕倒在地上。

隋医生接过来说：“王爷爷您这是有便秘，我一会儿给您开点药，您按时吃就好了，平时一定要多喝水，配餐里的蔬菜汤一定要喝。”王爷爷像个犯了错的小学生，一个劲地点头，他喉咙里发着微弱的声音：“好……好……记住了……记住了……”

王巧玲又说：“这个氧气面罩，就是您的救命面罩，不是您喜不喜欢戴，您要是不好好戴，我们累点没什么，但您躺在这个病床上，所有人都围着您做无用功。”

王巧玲故意把话说得很重，这让王爷爷有些难为情，他积聚了一些气力，示意王巧玲把耳朵凑得近些。王爷爷断断续续地说：“我老觉得……戴着这个东西……闷得慌……但是……我能克服……以后听医生护士的……让怎么戴就怎么戴……”

王爷爷诚恳得就像一个刚入伍的新兵，几十年戎马岁月留下的沧桑，也在这一刻呈现为别样的慈祥。大家都去安慰他，鼓励他，他们从内心里佩服这样一位老革命老军人的坚强、真诚和豁达。

在火神山医院，他们每天都要面对许多患者，这些患者，每个人身上都有很多平凡的故事，这些故事或许并不符合文学家们惊天动地的取材要求，但这些微小的故事一定让人今生今世难以忘怀。

看着医护人员要离开病房了，王爷爷执意要把胳膊抬起来，或许是一个姿势时间长了，他感到胳膊不舒服。因为王爷爷的右手背上还埋着留置针，王巧玲就告诉他这个手不能动，但王爷爷的“倔脾气”又上来了，王巧玲只得让他把胳膊抬上去。

王爷爷努力地向身体上方移动着胳膊，直到一个他再也举不上去的位置。在太阳穴那里，王爷爷弯曲的手掌停住了，他是要为在场的医护人员敬一个军礼。但手背上的留置针让他根本无法完成这个动作，王巧玲赶紧走过去，她轻轻地拿起王爷爷的手臂，放到了被子下面。

19

为聋哑老奶奶寻找手语翻译的事总算有了眉目，一位值班医生突然提醒说，前几天总台七套的一位记者薛冰电话采访的时候问过：火神山有没有什么需要？如果有可以第一时间告诉媒体，帮助火神山寻求支援。

值班室很快把电话拨通了……

“你好，火神山医院。现在的情况是火神山有一位聋哑病人，需要一位手语翻译。这个电话就是联系电话。”

“好的，马上联系。”电话那边没有片刻迟疑。

“火神山需要一位懂得手语的志愿者。”这个信息从凌晨开始，在志愿者中间不断传递开来……

廖君辉再次值班时，首先去看望了郑奶奶一趟。在郑奶奶的病床前，奶奶那花白的头发很让她心疼。和这个世界交流本来就是郑奶奶最大的困境，如果不是这次病毒的情况特殊，奶奶的家人一定可以在身边帮忙，起码能把奶奶哪里不舒服告诉医护人员。现在郑奶奶孤单单地躺在床上，一个人忍受着病痛还不能把自己的身体状况说出来。

廖君辉过去检查了一下郑奶奶使用的仪器，数据暂时没有问题，但是不能准确地掌握病人的情况，就意味着可能不能提供最精准的救治。

郑奶奶的早饭又没怎么动。不好好吃饭怎么能有抵抗力呢？廖君辉很想把这句话告诉郑奶奶，可是说出来郑奶奶听不见，写出来郑奶奶看不懂，廖君辉想画出来吧，可是这么一句简单的话应该怎么画？廖君辉有点犯难了。要是自己有绘画功底就好了。

廖君辉的心里很是着急，一边忙碌着手里的工作，一边关心着郑奶奶的情况。每次经过病房门口看到郑奶奶的时候，郑奶奶都是闭着眼睛，神情落寞。

…………

“护士长，手语志愿者有消息了吗？郑奶奶今天的状态不是很好，早一点能和奶奶沟通，有助于奶奶早日康复。”当廖君辉再一次用对讲机向护士长问询时，医生值班室已经接到了手语志愿者的信息，她也是位护士，就在武汉第一人民医院，同样奋斗在抗击疫情的最前线。

救护车很快把武汉第一人民医院的手语志愿者赵洪玮送到了火神山医院。穿过两道防护门，赵洪玮看见值班护士廖君辉已经等在病区里了，按照值班时间，廖君辉已经可以下班了，但她决定等忙完了志愿者和郑奶奶的沟通再回去。

防护服上赵洪玮三个字很明显，廖君辉迎上前："辛苦您了，郑奶奶已经等在里面了。"

两个人的脚步都很快。"小赵，你学过手语？"廖君辉的声音在防护服里显得有些闷，连日的忙碌让她的声音有些沙哑。

"嗯，我爷爷奶奶的情况和郑奶奶是一样的。我从小就用手语和他们交流。"赵洪玮的话让廖君辉顿了一下。

"放心吧，一会儿我肯定能和奶奶沟通好。听说咱们四病区需要手语志愿者的时候，我还想着没有人比我更合适了。我懂手语，又懂医学知识。奶奶这边我能问清楚她哪里不舒服，还能用医学术语翻译给医生听，这个手语翻译我最合适了。"赵洪玮说。

廖君辉领着赵洪玮站到郑奶奶的病床前，郑奶奶翻身面向她们，不明白为什么自己床前突然多了几个人，瞬间对自己的病情有点担心。又不能表达，脸上写满了焦急。

……

赵洪玮站在郑奶奶病床前用手语问道："奶奶，您觉得哪里不舒服？”

郑奶奶愣了一下，眼前的这位护士正用手语和自己交流。

“怎么这么多人，我的病严重了吗？”郑奶奶尽量比画得很快。

赵洪玮比画道：“奶奶您放心。医生是想听懂您说什么，了解您哪里不舒服。好对症下药啊。”

“没想到这里也有人会手语。”郑奶奶比画道。

看到有人能懂自己说什么，郑奶奶显得有些激动，眼睛里泛起泪花。许多天的焦急等待终于畅快地表达了，像一个孤单的小孩子在陌生环境里终于见到熟悉的人，郑奶奶的神情明显放松了下来，着急地用手指着胸口用手语说：“这儿，心口疼。”

赵洪玮道：“奶奶除了这儿还有哪里疼呢？呼吸感觉怎么样？有没有憋气的感觉？”

郑奶奶比画道：“没有了，就是一天到晚心脏疼。我害怕……”

赵洪玮安慰郑奶奶道：“奶奶你不要怕，我们都在这儿呢。把您不舒服的地方都告诉我，我好告诉医生。”

…………

看着赵洪玮和郑奶奶顺畅的交流，现场所有人心里悬着的石头都放下了。

几分钟之后，小赵转过身对医生说：“奶奶说心口疼，别的没有不舒服的地方。”

现场的医生、护士都松了一口气。

刚刚赶到的值班医生吕医生总结说：“应该没有别的地方不舒服，根据奶奶叙述的情况，现在的问题还是因为肺部感染，所以心脏有一些心肌损伤，她心脏那边的痛比较明显。”

吕医生又道：“问问奶奶既往病史？”

小赵用手语问道：“奶奶，您之前生过什么病没有？有没有高血压、心脏病？”

郑奶奶一一回答了小赵的问题。

几分钟下来，赵洪玮就问清楚了郑奶奶的情况，把这些一一转述给医生。

医生做出判断之后，赵洪玮又告诉郑奶奶：“奶奶，您放心吧，现在您的问题不大，一定要乖乖听医生的话，这样才能早点出院。”

郑奶奶点点头。

站在医生后面的廖君辉轻轻凑上来，说了一句：“小赵，这几天奶奶都没怎么吃饭，问问奶奶为什么不想吃饭，是不是想喝粥什么的？”

小赵用手语问道：“奶奶，您怎么不吃饭呢？不对胃口吗？

想不想喝粥，我们去帮您准备。”

郑奶奶回道：“不是，你们照顾得很好了，可是我心脏疼，吃不下去。”

小赵回头道：“奶奶还是因为心脏的问题，吃不下去。”又对奶奶比画道：“奶奶您想吃什么随时告诉我们。我们帮您准备。”

郑奶奶用手语道：“没什么要的，年纪大了……”

小赵赶紧回道：“奶奶您放心，您的症状现在比较平稳，有我们照顾，您就放宽心，乖乖配合我们医生和护士，一定能早日康复的。今天有个要出院的老爷爷都九十七岁了，您看他就是好好听医生的话了，只要您也配合好医护人员，很快也能出院的。”

“听了”小赵的话郑奶奶的神情明显放松了，脸上也有了笑容。

搞清楚了郑奶奶的情况，医护人员就要对症下药了，正当他们准备离开郑奶奶的病床的时候，郑奶奶突然拉住了小赵的手。碰到郑奶奶干瘦的手指，小赵的心里动了一下，这双手好像自己奶奶的手啊。

小赵懂了郑奶奶的心思，用手语对她说：“奶奶，不要怕，有我在，他们都能听懂您的话。您放心吧，有什么要求随时跟我说。我马上就能过来。”

郑奶奶用手语比画道：“你们这些孩子太厉害了，什么都会，没想到有人懂手语能跟我说话。”

小赵回道：“我自己的爷爷奶奶和您的情况一样，我从小就学会了用手语和他们交流，您现在就和我自己的奶奶一样。再说，您说得也对，我们医疗队就是超人，就是什么都会，所以您要听话，哪怕有一点需要都可以告诉我们，我们一定满足。”

郑奶奶的眼神亮了一下，又有些暗淡，她用手语告诉小赵：“可是你们这么忙，我一个老太婆不好意思总打扰你。看着你们这么辛苦我心疼。”

小赵对郑奶奶说：“奶奶，只要您能乖乖配合医生，早点出院，我们不就不累了吗？”

郑奶奶终于不再紧张，看着大家为她想得如此周到，她笑着点了点头。

20

新闻上说，最后一个方舱医院关闭，武汉所有的方舱医院全部“休舱”了。当最后一批方舱病人转来时，正在值班的沈利和王巧玲分到了一个“指标”。随着越来越多的患者被治愈，各大救治医院的铺位也首次出现了空铺的好现象。但这些忘我奋斗的医护人员，已经在与病毒的搏杀中“红了眼”，每转来一批病人时，大家都希望能给自己的病区争取到一个“名额”。当沈利得到准备接收一名病人的通知时，按照“二对一”接收原则，他迅速呼叫正在查房的王巧玲。

火神山医院的大门前，还未完全晒干积水的路面上，一辆闪着警灯的救护车快速通过，溅起了一片水花，最后缓缓地停在了一处病区的门前。

落日的余晖洒满了大地，虽然春天早已到来，但一场挟裹春雨的倒春寒仍有它的威力。病区的通道门前，沈利和王巧玲正严阵以待，接收病人工作早已轻车熟路，两人迅速为患者办理了入住手续。

病例上显示的病情并不严重，但是情况却不容乐观，患者还处于半昏迷的嗜睡状态。将各种仪器为病人接入之后，王巧玲开始做采血和临床的护理工作。针的刺痛让病人的眉头皱了一下，他醒来的时候，眼前是白花花的天花板，就像是一个投影仪的大幕布。

病人名叫李忠林，他很幸运，成为方舱医院全面休舱关闭前最后转入火神山医院的病人。醒过来的李忠林缓缓转过脑袋，他忍不住皱起了眉头，感觉自己的脑袋像是一颗铅球，沉得让他无法动弹。映入眼帘的是各种仪器，除了一阵脚步声，还有一个急促的对讲机喊话声音传到耳边：“快，34床的心跳停了……”

李忠林知道他已经到火神山了，他依稀记得，在方舱医院病房里，医护人员说要把他送到火神山。怎么过来的，他全然不记得了，迷迷糊糊中，只有一场关于母亲的梦，似乎还印记着一些场景。

李忠林感觉自己的胸口闷得像是一座快要喷发的火山，火山昏暗着，密不透风，笼罩着天地，也笼罩着李忠林的大脑思维。李忠林分不清自己是清醒还是在做梦，他看到他的母亲在大街旁的马路牙子上坐着，痴痴地望着过往的行人，他大声地呼喊着母亲的名字，却得不到丝毫的回应。

李忠林猛然睁开了眼睛，大口地喘息着，眉毛微微皱起，额头上渗出一层焦虑的汗水。李忠林晃了晃脑袋，感觉比之前轻松多了，他定了定神，这才注意到自己身旁还有个人。

尽管隔着护目镜，王巧玲给李忠林的第一印象就是两个明亮的大眼睛。

王巧玲看着终于清醒的李忠林说："你醒了，你的烧已经退了，现在感觉好点了吗？"李忠林想要说话，可是话到嘴边却发不出声音。王巧玲赶紧拿来温水，给李忠林喂了几口。

"我睡了多久？"李忠林声音嘶哑着，高烧让他的嗓子声带受到了破坏，这需要慢慢恢复过来。王巧玲说："来火神山以后大约三个小时了，你睡得迷迷糊糊，一直在说梦话。"

李忠林似乎想起了什么似的，他习惯性地想去撑着床沿的护栏坐起来，但手臂立刻就传来了疼痛感。"别乱动，你手上还扎着针呢。"王巧玲上前扶着李忠林的后背，给他垫了一个枕头。李忠林焦急地说："见我的手机了吗？原来是在我的裤子兜里。"王巧玲把他的便装包裹找了一番没有找到，他显得更加焦急了，"可能是掉在方舱医院了。"

王巧玲不想让李忠林因为这点小事影响治疗，赶紧用对讲机通知护士站，让他们打电话和方舱医院的送诊医生联系，帮忙查找遗失的手机。

交换窗闪了一下，内走廊的护士送来了饭。王巧玲拿起冒着热气的饭菜问李忠林："我来喂你好吗？"李忠林抬起头，看了看还冒着热气的饭菜，缓缓地摇了摇头："吃不进去。"

王巧玲说："你怎么了？感觉你心神不宁，有什么问题或困难就告诉我们，我们会帮你的。"李忠林抬起头，看了看王巧玲，他点了点头，说自己确实遇到一些困难和麻烦。

李忠林是一个建筑工人，因为工作繁忙，到现在还没成家。李忠林常年和他的父亲、母亲生活在一起，父亲的身体还算健康，没什么大病，疫情暴发前，父亲在广东打工，目前一直滞留外地无法回来。李忠林说，母亲患有阿尔茨海默病，她已经完全记不得自己和父亲。李忠林平时务工都在本地不敢走远，母亲全靠他操心照顾。

李忠林说，他是突然高烧被从隔离酒店送到方舱医院的，到了方舱医院没两天又被送到这里。李忠林说，因为反复发烧，他说不清大概几天没有母亲的消息了，他很担心自己母亲的安危，没有他的照顾，母亲可能无法生活。

想到母亲，李忠林很难过，他着急地问："我想回去一趟再回来，我做梦我妈走丢了，她连我都不记得，离开家门肯定就回不来了。”一听这个情况，王巧玲也觉得很紧急：“你先别担心，我马上帮你查查你母亲的消息，你的病情也很重，你要把自己的病养好，不然你累倒了，你母亲以后更没人照顾了。”

王巧玲用对讲机喊来了管床医生沈利，沈利觉得这要从社区的人着手：“是社区的人送你去的方舱医院吗？”李忠林想了想说：“是社区的人，我认识他们。”王巧玲说：“既然是社区的人，他们就肯定会发现家里有这样一个老人，你放心，他们肯定会照顾好老人的，你知道怎么能联系上社区吗？”李忠林说：“我的手机里有他们的联系方式，但是现在手机找不到了。”王巧玲说：“没事，你放心，我们按照你的地址去问就可以，一会儿就能查到他们的联系方式。”

王巧玲赶紧用对讲机把这个情况报告了护士站，让值班室的同事迅速用电话查找李忠林所在社区负责人的电话。

看到医护人员们不停地帮自己联系，李忠林的心情稍微平复了一些。王巧玲拿手指了指桌上的饭菜：“还是得好好吃饭，你只有健康了，才能回去照顾你妈。”李忠林说：“不用喂我，等我休息会儿，自己就能吃。”

王巧玲想着下班时再督促一下查找李忠林所在社区电话的事，但护士站不到二十分钟就把电话要了回来。护士站反馈的情况让李忠林觉得安心了许多：母亲现在酒店隔离，社区派有志愿者专门关注这类老人。王巧玲也高兴起来，她指了指盒饭对李忠林说："妈妈肯定丢不了，这饭可是还没吃呢。"

正说着，从护士站转进来一个手机，沈利医生说，那是他的备用手机，平时也不用，就留给这位着急的病人用吧。接过手机，李忠林一阵激动。

李忠林还是有些不放心，他要亲自打个电话，他向社区要来了志愿者小宋的联系方式，他想亲自听听母亲的声音。

"您好，请问是小宋吗？您是不是在酒店照顾一个患有老年痴呆症的老太太？我是她的儿子，我叫李忠林。"电话接通了以后，李忠林急迫地说。志愿者小宋在电话里让李忠林安心治疗：婆婆的情况很好，有我们志愿者在，会照顾她的，你不用担心。

通过小宋的电话，李忠林终于听到了母亲的声音，虽然声音并不清楚，也没有太多的对话，但一颗焦急的心终于安定下来了。看着一直忙个不停的王巧玲，李忠林终于笑了起来："没有牵挂了，我现在就吃饭，我吃了，你也就没有牵挂啦。"

21

后面的值班中，护士们经常走过王爷爷的病房后再倒回来，这个老革命果然说到做到，一切都按照医护人员的指令进行。有一次，王爷爷对值班的护士说：“你们不用侦察我，我都知道呢，这里的战场属于你们，这个战场上，你们是老兵，我是新兵，我听你们的，不会添乱，你们还要有精力护理别的病人呢。”

在医护人员的精心护理下，在他自己的努力下，两周之后，王爷爷连续三次病毒测试数值转“阴”，符合出院要求，这个消息让医护人员们都万分高兴。

拿到王爷爷的出院批准书那一刻，王巧玲喉咙哽咽了；王爷爷显然也激动起来，这位九十七岁的老兵，不停地向着医护人员们道谢。但这怎么需要感谢呢，在这场巨大的灾难面前，正是每个人，犹如面临战斗的士兵，坚守着自己的“战位”，才终于在雾霾中迎来了黎明的曙光。每个人都在奉献，每个人都是英雄，每一秒钟都关乎生死，每一个时刻都值得铭记。

看着满头白发的王爷爷，想想无数个祈祷祝愿的病人家庭，王巧玲想说一句什么，但话到嘴边竟没有脱口。那就把这句话放在心底吧：曾经，您用生命守护祖国；如今，我们用生命守护您。

在出院通道门口，王巧玲把十四天的中药药剂给王爷爷打包好。这几天气温也降了不少，她在冰冷的风中跑来跑去，浑身却像一块滚烫的烙铁。

坐在轮椅上的王爷爷频频点着头，这位曾在病房里与医护人员一起度过二十天的老革命，想要和他们说些什么，但话到嘴边，他又不知道说什么好了。这些年轻的战友，这些身穿白衣的战士，他们所处的战场，一点也不逊色于自己的当年。

在推着轮椅走向出院通道的时候，王爷爷突然温情起来：“闺女，看到你们，我就想起了我的小女儿，你和她一样细心，乖巧得很。我这个老头子能遇见你们，真是幸运，咱们解放军真是好样的！”

其实，每天照顾着这些老人，王巧玲又何尝没有想到自己的父母，她的眼角湿润了：“爷爷您这马上就要见到自己的女儿了，回去后也要好好吃饭，好好吃药，一定不能再有任何粗心大意。”

王爷爷点了点头，好久又说了一句：“闺女，你也要照顾好自己，你的父母也等着你回家呢。”王巧玲的眼泪再也止不住地流了下来，她哽咽着说：“好，爷爷，我们每个人都要平平安安地回家。”两个萍水相逢的忘年交战友，就这样互相承诺着，通道外面，是一片亮堂堂的天。

总算交接停当了，前来送行的沈利医生正打算弯腰和王爷爷说再见，却发现他脚上的鞋带散开了。沈医生弯下腰来把散开的鞋带系好。王巧玲拍了拍王爷爷怀里的中药包裹，再三叮嘱他回去后要按时服药做好继续隔离。王巧玲说：“王爷爷您是老革命了，在家也要执行好咱们的纪律，您要是感到不舒服了就联系我们，等‘战斗’胜利了，我去家里看您。”

接送王爷爷的救护车准备就绪，在场的医护人员全都挥着手，依依不舍地向他告别。就在临上车时，王爷爷突然推开身边的家人，他坚决地扶着轮椅坐直身子，他看着送行的小战友们，认真整了整衣服，颤颤巍巍举起右手，回了一个庄严的军礼。

那一刻，隋洪波、沈利、王巧玲和所有在场的医护人员都眼角滚烫，仿佛有着无声的命令，他们整齐地站好，一齐向这位革命老人回以崇高的军礼……

图书在版编目（CIP）数据

“红区”日志：火神山的日与夜 / 王昆著. — 北京：北京十月文艺出版社，2021.4

ISBN 978-7-5302-2058-0

Ⅰ. ①红… Ⅱ. ①王… Ⅲ. ①纪实文学—中国—当代 Ⅳ. ① I25

中国版本图书馆 CIP 数据核字（2021）第 033364 号

“红区”日志
火神山的日与夜
“HONGQU” RIZHI
王昆　著

出　　版　北京出版集团
　　　　　北京十月文艺出版社
地　　址　北京北三环中路 6 号
邮　　编　100120
网　　址　www.bph.com.cn
发　　行　新经典发行有限公司
　　　　　电话（010）68423599
经　　销　新华书店
印　　刷　北京盛通印刷股份有限公司
版　　次　2021 年 4 月第 1 版
　　　　　2021 年 4 月第 1 次印刷
开　　本　850 毫米 ×1168 毫米　1/32
印　　张　6.5
字　　数　132 千字
书　　号　ISBN 978-7-5302-2058-0
定　　价　32.00 元
质量监督电话　010-58572393
如有印装质量问题，由本社负责调换。